当代诗人自选诗

谢小青 —— 著

无心地看着这一切

《星星》历届年度诗歌奖获奖者书系

梁　平　龚学敏　主编

四川文艺出版社

星星与诗歌的荣光

梁 平

《星星》作为新中国第一本诗刊，1957年1月1日创刊以来，时年即将进入一个花甲。在近60年的岁月里，《星星》见证了新中国新诗的发展和当代中国诗人的成长，以璀璨的光芒照耀了汉语诗歌崎岖而漫长的征程。

历史不会重演，但也不该忘记。就在创刊号出来之后，一首爱情诗《吻》招来非议，报纸上将这首诗定论为曾经在国统区流行的"桃花美人窝"的下流货色。过了几天，批判升级，矛头直指《星星》上刊发的流沙河的散文诗《草木篇》，火药味越来越浓。终于，随着反右运动的开展，《草木篇》受到大批判的浪潮从四川涌向了全国。在这场声势浩大的反右运动中，《星星》诗刊编辑部全军覆没，4个编辑——白航、石天河、白峡、流沙河全被划为右派，并且株连到四川文联、四川大学和成都、自贡、峨眉等地的一大批作家和诗人。1960年11月，《星星》被迫停刊。

1979年9月，当初蒙冤受难的《星星》诗刊和4名编辑全部改正。同年10月，《星星》复刊。臧克家先生为此专门写了《重现星光》一诗表达他的祝贺与祝福。在复刊词中，几乎所有的读者都记住了这几句话："天上有三颗星星，一颗是青春，一颗是爱情，一颗就是诗歌。"这朴素的表达里，依然深深地彰显着《星星》人在历经磨难后始终坚守的那一份诗歌的初心与情怀，那是一种永恒的温暖。

时间进入20世纪80年代，那是汉语新诗最为辉煌的时期。《星星》诗刊是这段诗歌辉煌史的推动者、缔造者和见证者。1986年12月，在成都举办为期7天的"星星诗歌节"，评选出10位"我最喜欢的中青年诗人"，北岛、顾城、舒婷等人当选。狂热的观众把会场的门窗都挤破了，许多未能挤进会场的观众，仍然站在外面的寒风中倾听。观众簇拥着，推搡着，向诗人们"围追堵截"，索取签名。有一次舒婷就被围堵得离不开会场，最后由警察开道，才得以顺利突围。毫不夸张地说，那时候优秀诗人们所受到的热捧程度丝毫不亚于今天的任何当红明星。据当年的亲历者叶延滨介绍，在那次诗歌节上叶文福最受欢迎，文工团出身的他一出场就模仿马雅可夫斯基的戏剧化动作，甩掉大衣，举起话筒，以极富煽动性的话语进行演讲和朗诵，赢得阵阵欢呼。热情的观众在后来把他堵住了，弄得他一身的眼泪、口红和鼻涕……那是一段风起云涌的诗歌岁月，《星星》也因为这段特别的历史而增添别样的荣光。

成都市布后街2号、成都市红星路二段85号，这两个地址已经默记在中国诗人的心底。直到现在，依然有无数怀揣诗歌梦想的年轻人来到《星星》诗刊编辑部，朝圣他们心中的精神殿堂。很多时候，整个编辑部的上午时光，都会被来访的读者和作者所占据。曾担任《星星》副主编的陈犀先生在弥留之际只留下一句话："告诉写诗的朋友，我再也不能给他们写信了！"另一位默默无闻的《星星》诗刊编辑曾参明，尚未年老，就被尊称为"曾婆婆"，这其中的寓意不言自明。她热忱地接待访客，慷慨地帮助作者，细致地为读者回信，详细地归纳所有来稿者的档案，以一位编辑的职业操守和良知，仿佛春风化雨，润物无声地温暖着每一个《星星》的读者和作者。

进入21世纪以后，《星星》诗刊与都江堰、杜甫草堂、武侯祠一道被提名为成都的文化标志。2002年8月，《星星》推出下半月刊，着力于推介青年诗人和网络诗歌。2007年1月，《星星》下半月刊改为诗歌理论刊，成为全国首家诗歌理论期刊。2013年，《星星》又推出了下旬刊散文诗刊。由此，《星星》诗刊集诗歌原创、诗歌理论、散文诗于一体，相互补充，相得益彰，成为全国种类最齐全、类型最丰富的诗歌舰队。2003年、2005年，《星星》诗刊蝉联第二届、第三届由中宣部、国家新闻出版总署、国家科技部颁发的国家期刊奖。陕西一位读者在给《星星》编辑部的一封信中写道："直到现在，无论你走到任何一个城市，只要一提起《星星》，你都可以找到自己的朋友。"

2007年始，《星星》诗刊开设了年度诗歌奖，这是令中国诗坛瞩目、中国诗人期待的一个奖项。2007年，获奖诗人：叶文福、卢卫平、郁颜。2008年，获奖诗人：韩作荣、林雪、莱萌。2009年，获奖诗人：路也、人邻、易翔。2010年，获奖诗人、诗评家：大解、张清华、聂权。2011年，获奖诗人、诗评家：阳飏、罗振亚、谢小青。2012年，获奖诗人、诗评家：朵渔、霍俊明、余幼幼。2013年，获奖诗人、诗评家：华万里、陈超、徐钺。2014年，获奖诗人、诗评家：王小妮、张德明、戴潍娜。2015年，获奖诗人：臧棣、程川、周庆荣。这些名字中有诗坛宿将，有诗歌评论家，也有一批年轻的80后、90后诗人，他们都无愧是中国诗坛的佼佼者。

感谢四川文艺出版社在诗集、诗歌评论集出版极其困难的环境下，策划陆续将每年获奖诗人、诗歌评论家作品，作为"《星星》历届年度诗歌奖获奖者书系"整体结集出版，这对于中国诗坛无疑是一件功德无量的举措。这套书系即将付梓，我也离开了《星星》主编的岗位，但是长相厮守15年，初心不改，离不开诗歌。我期待这套书系受到广大读者的青睐，也期待《星星》与成都文理学院共同打造的这个品牌传承薪火，让诗歌的星星之火，在祖国大地上燎原。

2016年6月14日于成都

目录

第二辑　无心地看着这一切

第三辑　时光书

第五辑 评 论

| 第一辑 | 镜　子

镜　子

母亲的头发有点凌乱

她不再照镜子

她对自己有了莫名的仇恨

而我开始天天照镜子

画眼线，涂唇膏

像个搔首弄姿的小女人

让自己爱上自己

爱上审美的疲劳

时光，虎视眈眈看着我

那些消失的亲人

都在明天与我拱手抱拳

洗澡时，我也会闪到镜子里

雾里看花，我的山水甲天下

那些幽灵一样游荡的男人

被镜子抛弃

我想到一个人

他的小胡子，他飞扬的手势

他在镜子面前咄咄逼人的神情

我就恍然大悟

我的批评家，我的敌人，我的魔鬼

都藏在镜子里

我们把阳光铺在床上

夜里，拧开床头灯
我们把阳光铺在浅绿色的床单上
亲爱的，我们不用遮掩
山川裸露，一万年前就这样

紫云英开了，繁星一样灿烂
春雨来了，小溪又开始奔跑
青梅竹马在玩过家家的游戏
我戴着红头巾，被风调戏
直到如今，才被你悄悄掀开乡村古典的答案

真好，我们一遍遍抚摩阳光
学鸟鸣，在枝头云端
学农人干活，发出粗重的呼吸
你要我叫你父亲，我要你叫我母亲
依然是父亲与母亲睡在一起

暮 春

老人们坐在树荫下

像被生活欺骗过的孩子

表情麻木，目光暗淡

树影安详盖过他们

和他们膝前的旧藤椅

年轻人蚂蚁般在阳光里乱跑

东边酒厂西边梨花

没有什么可以留住他们的脚步

留住一句承诺或者废话

荒草在风中四处乱跑

把他们带到大坪村，一扇废弃的门前

那些熟悉或陌生的虫子

树林里，灌木丛中，它们随处可见

与我的童年为伍

偶尔也会上床，爬到我梦里

尤其萤火虫，一闪一闪

让黑暗露出破绽

我想成为它们中的一员

学习谋生之道与伪装术

我只能说，它们像我一样

微不足道，又独具匠心

它们与天籁相伴，而我们与声迹混淆

一个诗人的声音，常常不在诗中

当我看见甲壳虫在忙碌

在繁殖精彩的故事，当我在风中

与一些小翅膀相遇

我是那样欣喜，并引以为荣

雄　狮

想到你，我就想到非洲发情的雄狮

把我扑倒在野花里

雄狮颤动，但大地安静

羚羊，花鹿在不远的地方

构成流动的风景

你什么都不要

不要心也不要皮毛

只要我匍匐

只要我打开封闭的门

你发出低沉的雷霆之声

将一条奔腾的河流注入我的体内

你不是我的，但春天都是我的

那些水

那些水来过，又走了

浪花枯萎

我也为别人湿润过

那就是曾经的春天

与你游戏过又与你疏远

有人摸过我的脸

留下一盒巧克力

他还站在那扇门前，不忍说再见

四面时光

不明白这条河为什么经过

不明白夜里为什么有惊雷

不明白一个人离开后

他的影子为什么拉得很长很长

四面时光

你转一个方向

也未必不重蹈覆辙

故　事

一男一女就是故事

读《圣经》就是读亚当与夏娃

一万个人都在模仿

却老是跑调

那时你学一根肋骨

学一对蝴蝶

学林黛玉葬花

却没有学如何潇洒挥手

说再见

失　眠

火车一声长鸣划破了幽静

我辗转难眠

随手披了件衣服下床

透过破旧的窗户

能看到不远处火车站的微弱灯光

在黑暗中挣扎

火车走了，扔下一堆漠然的人

有些人是匆匆回家

但有些人只是又一次迁徙罢了

我也中途换车

梦里买不到车票

东海水晶

那么多在一起的人，走着走着就散了
只有水晶鞋在夜里回来
那么多名字被埋在地下
依然洁白无瑕

那么多船舶来到东海
那么多男人与女人来到水晶批发市场
白水晶，紫水晶，黄水晶
爱情在水晶中一闪，我们边走边看

那么多故事时过境迁，烟消云散
我也不遗憾，只要你夺目的眼光里
有那么一瞬间

黑暗中的花瓣

写下这个标题

我就像黑暗一样沉默了

没有光，再绚丽的色彩也只是阴影

我就这样活着

散发着幽暗的芬芳

你们冠冕堂皇，在花瓶里盛开

让那么多眼睛腐烂

痒

穿长裙，慵懒
穿短套，随意
花蕊里，有甲壳虫爬过
小翅膀昆虫划过我的脸颊

被一本书收藏
又偷偷走私
扬花的日子，空气颤动
我隐姓埋名，到过不少地方

爱一个男人
还要爱上他的琐碎
爱面子，还要爱上一个借口
买瓶香水，见一个人
接一个电话，然后就搁浅

诗人之死

在微博看到一条消息

某某诗人逝世。惭愧

他活着的时候，我没有读过他一首诗

当时我拿着朋友送我的一本诗集

在黄兴路上落叶般飘零

那些路人的眼里，只有琳琅的商品

我抬了抬头，就想在天上飞过

一个诗人，长在枣树上

掉下去的时候，只有地球悲凉哼了一声

苹　果

苹果只是苹果

用太多的修辞也改变不了苹果的味道

电视上说一个苹果的营养价值

相当于一碗米饭

减肥的女子也减掉晚餐

吃个苹果到梦里爬上树干

还有诗人也钟情于苹果

想藏在美人的红晕里长生不老

还有牛顿也因为苹果获得了名声

我没钱，不能每天吃一个苹果养生

但我经常可以看到苹果

我常常这样安慰自己

前　世

小时候看蝴蝶舞蹈，看蝴蝶背着蝴蝶
像哥哥背着我，在田野上张开翅膀
长大了才知道，那是传说在飞

即使脱掉一层外壳，即使连骨头也抛弃
也逃脱不了前世的命
即使虚假的想象在飞，也只是
阳光身上的斑点，也只是天上掉馅饼

千年的蝴蝶没变，变了的是人间
我只是构思了一下，戏幕就拉开了
来了，梁山伯西装革履
来了，祝英台风情万种

所谓爱

童年玩过家家

现在玩猫捉老鼠

猫爱老鼠，老鼠爱大米

我不是唐僧肉

难道，你们都想吃一块

50年代，当父亲来爱

60年代，当情人来爱

70年代，当哥哥来爱

80年代，当游戏来爱

爱上这么多年代，爱不过来

其实我不爱，爱上竹篮打水

爱是闪电，也是棺材

白马王子，死在路上

我们彼此陌生

我不属于钻石与诺言
是黑暗占有了我的体温
我不知道自己是谁
其实老想着自己是谁的人
就被别人忘记

不论恋爱还是结婚
不过是制造了一个人生事件
抱有目的直到石沉大海
我对爱情与金钱都漫不经心
什么都会一夜苍老，莫名降临
伤心痛苦，就像天要下雨

夜里有一双手把我搂住
我们彼此陌生

鸵鸟蛋

老把自己想成鸵鸟蛋

在乱用杀虫剂的年代

春天裸体，我找不到低头认罪的地方

梦里练习奔跑

摆诗人姿势？还是走模特儿路子

那一片草原与我心照不宣

亲爱的，你的手心也不是我的家

小心，别把我弄破

我还没有醒

我的翅膀与长腿不被阳光看见

戏水的鸳鸯

不知道什么时候写的这句话。

突然看到心就抽搐了一下

好多事情都已经过去，

回想起来

就不能像一个杯子那样安静

干涸的池塘

鸳鸯的依偎只有悲鸣

爱这个词在世界上来来去去

快乐与痛苦总是成正比

我们曾经拥有吗

那一地落红，是不是可耻的幸福回忆

虞姬与杨贵妃

虞姬爱上屠城扰民的楚霸王
泪洒垓下
杨贵妃与昏庸的唐玄宗缠绵
马嵬驿只留下一道白绫

来也匆匆，去也匆匆
只是在别人的舌头上开花
所谓千古绝唱
不过是后人无病呻吟
墓碑起伏，女鬼投胎
青草与百合上悄悄苏醒的
是风不是怀念

虞姬与杨贵妃，我冷眼相看
我不焚香
我热爱民间烟火，雨打芭蕉的回忆
我开花也美，凋谢也美
将光阴一瓣一瓣慢慢地撕碎

颤 栗

你在上面，是王，是巫山云雨
那么广阔地覆盖我的空白
春天的花瓣
除了坠落，还是坠落
爱过，恨过，就风一样吹过

但我不这样想，我总是对你生气后
再萌芽，再盛开
让你学会大海捞针，你聪明绝顶
还有什么经典不可以翻过去

我要你一遍遍说爱我，说我漂亮
漂亮并不浅薄，包含千古神性，我要你
在我的身体上爱了又爱，迷途忘返

只差一点点

两朵并排开放的花朵

咫尺天涯，它们在风中想碰碰头

就差一点点

我与你一起爬山

朝峰顶攀缘，你在前，我在后

就差一点点

亲爱的，你慢一点

等一等我藏在肺腑里的呐喊

秘密呀

你说天空是镜子，我说是深渊
你就用浅浅的胡子扎我的脸
你的手，像一只蜻蜓
在我光滑的肌肤上
飞翔

你说乳房是山峰，我说是苞谷
诗人只是婴儿
离饥饿最近，离赞美很远

我们在沙滩上写下一行文字
在一片树叶上留下风声
秘密呀
是用针尖挑破的

你慌乱地解开我的纽扣
我说轻点，轻点
我喜欢白帆擦过水面

我喜欢一丝一丝地

悄悄醒来

梦 寐

我们躺在一张宽大的床上
你在右，我在左
棉被里有阳光的气息

就如墓穴里躺着一男一女
爱情已经虚无
只有时间还在延续

侧过头来，看着你平静的面容
就像岛屿，在风浪的包围里那么坦然
而我做不到，或泛起泡沫
或在风中尖叫

半夜，你突然说梦话，身子颤抖了一下
我一句也没听懂
梦与现实，有着巨大的落差

错误的短信

一条短信
凭空飞入我的眼里
这称呼多好，宝贝
这问候多好，吃饭了吗
一个陌生人，把爱给了一片白云

吉林的深秋已是寒风刺骨
窗外落叶萧萧
而墙角那盆快要干枯的芦荟
依偎着暖气片膨胀起来

时 尚

昨天吊带衫，吊男人的胃口
今天是穿唐装与旗袍的小地主婆
同志们，你们复习的历史章节
也要经过全自动洗衣机的洗涤

街上遇到陈圆圆，李圆圆，刘圆圆
挽着冲冠一怒为红颜的典故
进了麦当劳，肯德基
太平盛世，皇帝老子和格格们忙着做广告
电视剧在热播康熙王朝的风云
历史人物也加了防腐剂

在酒吧，灯光暧昧，打击乐把灵魂敲散
几杯红酒下肚
有人贴到了一起

在城里，我描眉画眼线
穿着廉价的时尚服装，像个局外人

好像什么都懂，却什么也不懂

异　响

在电脑上云游四海

猛然传来两声干咳，吓我一跳

我想到张果老倒骑驴

他把前进当作倒退

不是他，谁会用如此经典的干咳

拉住我的后腿

有时候做梦

莫名其妙住在一家旅馆里

窗户上蹲着一只猫头鹰

我在乡下见过它，但我不是老鼠

为什么发出的是老鼠的声音

上帝的感伤

森林在童话里

白雪公主在光盘里

听长辈提到麻雀

拿弹弓的孩子在领袖的光环里失踪

小学生在斑马线上抛锚

生病的爷爷在床上漂泊

无家可归的浪子，在雪地里留下脚印

我想到梁祝化蝶

真实的生活中找不到版本

我戴着圣诞节的红帽子

等待上帝派发礼物

我要投胎啦

我梦到自己躺在棺材里
抬棺材的是父辈
移动沉重的脚步
跟在后面的是爷爷奶奶
哭得悲天动地

穿过热闹的小镇
鞭炮炸响
很多人站在路边
像水杉、苦楝和马尾松

我死了吗？穿着青春的衣衫
一只雄鸡站在棺材顶上
我想听它打鸣

星 空

我默默看着星空

有一些裂纹

漏光

像眼睛，一些回忆睁开

一些回忆闭上

在眼睛睁开与闭上的过程里

一生就过去了

我突然感到惊骇

我们看不到逝者

逝者却看到了我们的悲哀

带上你的名字

在没有预谋的冬天相遇

在霜叶红于二月花的时候策马远去

你是我的隐痛，埋伏在夜深人静

山回路转，多少故事失落在红尘里

红栏依旧，题诗仍在，只有新燕呢喃

不说下辈子轮回

老树昏鸦不见归来的故人

带上你的名字流浪远方，当我老去

繁花开尽，蛇信吐出闪电

那熟悉的笑容只剩下深刻的皱纹

距　离

走着走着，我们就走到一起了
在浓荫下数阳光的金币
在闹市区吃价廉物美的盖饭

夜里，我们依偎在公园的长椅子上
偶有游人经过
当你用手接触到我的身体
我叫了一声

一会儿我就睡着了
甚至不知道被你抚摩的过程
梦里，我是云彩

伊 人

那些伊人越来越瘦

瘦成象形文字

那些花伞

在洒落的雨水里

那些红颜祸水

不过是男人的遮羞布

那些哀怨离愁

被大风吹散

那些无端的故事

仍在我们的眼睛里发育生长

转过身来

跟他溜达一个月

没看到桃花园，反到了中东

我们在食堂的饭桌上谈判

两个爱恨纠结的对手

一条以色列与巴勒斯坦纠缠不清的国界

爱呀，涨潮的蛙鸣

我突然明白，这不过是发情的季节

你们爱玫瑰，爱露水，爱找不着北的灵魂

转过身来，我要去纽约

不见不散

我属于早春二月，孩子的脾气

不要约束我的河流，我会千里泛滥

不要对我时热时冷，我会哭上三天三夜

掐指一算，我们也认识四，五年

一年里也会有一两次阴差阳错

与你在小店吃麻辣唆螺

不过，每次约我，你都担心我放鸽子

总是强调不见不散

那只是一场风雨，或一场花事，迟早要散

哎，人生只是邂逅，流星一闪

不动声色

现在我已经学会不动声色

山也是，无边的绿色也是

闪亮宝石也是，将宝石与赝品

放在一起，我们就成了盲者

我看见蝴蝶的翅膀一张一合

许多的学说就关闭或打开

一个逝者远远随在我身后

我在明，他在暗

亲爱的，我想要的东西藏在被窝里

你想要的东西云一样总是抓不住

为什么老做这个梦

为什么老做这个梦，老是梦见你

弗洛伊德，我恨你，把我分析得头头是道

曾经，曾经已远走高飞

为什么我还停在原来的地方

像一块融化的冰

除非你送我一箱法国红酒

告诉我，醉了可以忘记

设　想

设想白娘子与许仙相遇

老天在看戏

设想苏东坡在苏堤漫步

与你走近

设想春天的坏脾气

一只麻雀与老树吵架

设想天一黑

就有人到银河饮马

天上布满画家的眼睛

阴影也有爬起来的力量

不少人写蓝天白云，众鸟高飞

老调重弹

不如找片树林将自己藏起来

看阳光从树叶的缝隙里

一点点漏下来

什么也不用说

虚幻的鸟声在一次次

练习着陆

没有市井里患得患失的心态

阴影也有爬起来的力量

走进民国

我常常踩着历史的碎片，走进民国

如破茧而出的翅膀，或上街游行

花朵一冲锋就被鲜血染红

或拱手进入老舍的茶馆，议论民生

那些西式头，远离孔家店

将民主与科学这两个词，挂在彩虹上

那些白衣蓝裙，挥挥手

告别长辫子时代

爱情，不在传说里

而在夜来香的歌声里邂逅

呐喊的鲁迅，玩精神胜利的阿Q

仍让今天颤抖

在人间四月天写情诗的徐志摩

挥挥手，不带走一片云彩

还有无声片里飞舞的蝴蝶

电影院里坐满了狐狸

恍惚我还停在某个路口

一身斑斓的阳光刺绣

看有轨电车开来，看长衫与旗袍走远

我眼里的祖国

最早认识的祖国
是我家的三间红砖青瓦与两亩三分地
再长大一点认识的祖国
是一所新建的希望小学
我每天走一个多小时崎岖山路
书包里背着一个词：中国

学了历史后
才知道祖国的版图经常在变
像一个人瘦了，胖了
有安详的日子，也有生病的苦难

现在我眼里的祖国
不仅仅是那些高楼大厦，繁花似锦
你可以再看得远一些
是一座座山峦都生长着一样的青草
是一座座坟墓都埋着一样的骨头
是一样的悲欢离合被狼毫书写

可悲的是我们都将死去

可喜的是生命不需要重来一遍

我们都曾在同一个地名上生长

风华正茂，祖国

第二辑｜无心地看着这一切

儿时，我看见父母做爱

我一直安睡在父母的鼾声里

直到六岁的某个凌晨

我发现黑暗在摇晃

月光雕刻出两个重叠的身影

我听到耕耘的牛在喘息

犁铧卷起层层浪花

我吓坏了

那时我还不明白，男人如何

将坚硬的部分藏进女人的身体

当一切归于平静

他们又成为两条平行线

我仍是夹在中间的问号

这个秘密让我多年弯曲

每夜，会在这个时刻

被母亲滚烫的身体灼伤

莫名醒来

我醒了大坪村就醒了吗

我屏住呼吸，一动也不敢动

怕惊扰他们

惊扰黎明前的黑暗

父亲是天，母亲是地

天地之间的风风雨雨我不懂

只有此刻

他们之间没有斑驳的距离

鸡叫三遍，母亲起床，父亲还在沉睡

不一会儿，我就闻到熬猪食的气味

父亲的知己

邻村有个阿姨与父亲有说有笑

多看阿姨两眼我就脸热

二月，三月，都有花粉在飞

两个嫂嫂常与父亲开玩笑

"你的情人呢，怎么不来看你"

父亲就笑，摸摸自己的胡子

砍猪肉的时候就把砧板砍得劈啪作响

不过，父亲与母亲也会吵架

父亲就阴着脸

独自一人上山挖红薯

傍晚才回家，像个陌生的流浪汉

我听到母亲悄悄对父亲说

叫她来玩玩吧

果然，第二天阿姨就出现在我的家里

身上有一股雪花膏的香气

电视剧里的情节，已在山村发芽

写给母亲

母亲，一看到您，我就安静下来
那些苦水也咽了下去
您的一举一动，牵动风雨
这些年我在外读书，才读懂您的心

别怪我变得越来越不像您
我不想忘了自己，忘了春风杨柳
我不要我蹲在池塘边洗衣服
提那混沌的潲水
别怪我偷了桃红，疏远了黄菜
山村的夜里也没有隔墙吟诗的书生

您几次对我说，你也不小了
给你介绍个对象吧
我的心就酸了。不，我已是小女巫
没有哪个男人能锁住我的心
春天一来，我就好了伤疤忘了痛

母亲，迟早我都会远去，山重水复

就把我交给风雨，交给阳光打理吧

现在我只想挽着您的手臂，陪您多走一段路程

桃花依旧

我家的桃树最早开花
先是几点朱红，没几天
就满树花朵拥挤
如女大十八变带来的惊喜

家家的桃花都开了
放肆地开，没有羞愧
狗在跑，猫在叫
玲珑的少年在阳光里走动
我有一个小秘密

记得人面桃花的诗句
年年牵动忧伤的春风
还是这乡野，还是这风景
还是这如约而来的香气
只是那些人面
如今都已跑到远方成精

答案还在风中飘

年轻时，母亲梨花带雨

挽起裤腿下田

秧插下去，回忆就会返青

母亲也扬花灌浆，直到儿女成群

害虫在喷洒的农药下死去

它们还会回来

蝴蝶在秋风中折断翅膀

它们还会起飞

而母亲单纯的欢笑却被山风越吹越远

母亲忙里忙外，像闹钟一样没有停过

一停，家就要瘫痪。她嘴里不时唠叨

种菜，撒下种子就有结果

喂猪，喂到年来了，放鞭炮吓走怪兽

母亲把饭菜端到桌上，一家人才动筷子

母亲，直到鬓发花白，动作越来越慢

像慢镜头一样倒退

但太阳还在升起落下，答案还在风中飘

霜　降

庄稼都收尽了，绿色飞离
大地上只留下伤感

驼背的父亲
有点心不在焉
衔一支低档的红梅烟
看着空旷的田野发呆

母亲在熬猪食
用一根长棍子在大锅中搅动
她满脸的皱纹被热气腾腾融化

而我在遥远的北方读书
思念在夜半结霜

无心地看着这一切

一眨眼，枯草就绿到了山顶

树上的新叶替代了老叶

栏里的小猪嗷嗷地叫

去上学的孩子越走越远

父亲的背脊已弯如奶奶的坟头

我眼里的春天没有秘密

百花盛开，罪孽也会生长

我无心地看着这一切，没有答案

破旧的裙子在阳光里一闪

农　忙

七月的炎日在喷火

金色的田野在灿烂燃烧

母亲的腰弯得很低

向大地匍匐

手中的镰刀哼着周杰伦的歌

打谷机胃口大开

两个年轻小伙儿双手搂着稻腰

左右摇摆跳探戈

一个胖小丫在拣散落人间的金子

扑通一声被水坑偷偷亲了一口

小脸上溅满了泥花

父亲用布满老茧的粗手拍拍箩筐

抹去额角的豆大汗珠

挑起秋天的重量，走在回家的路上

哥哥，我们一起在田野上蹦跳

哥哥，你拉着我的小手

一起在田埂上不停地跳上跳下

不停地笑

有两只洁白的蝴蝶

也在飞上飞下

后来哥哥藏在凌乱的稻草中

我找不到

哥哥，那些日子已找不到

我去远方读大学

你带一个大山的女人回家

你会不会牵着她的手

在田野上蹦跳

夏天，我穿着蝴蝶的衣服来看你

而你抱着一个婴儿

我脸红了，拉了拉婴儿的小手

心里的那两只蝴蝶

已经跟那只小手说完再见

一碗姜汤

乍暖还寒的早春

非诚勿扰

感冒与我谈恋爱

母亲端来一碗热气腾腾的姜汤

说，喝了吧

她额头上的皱纹

就轻轻落在我的额头上

幸福，有时是一场病

我捂在厚厚的棉被里

下着温暖的小雨

我听到的风声都是喘息

这些年，我听到的风声都是喘息

初夜的喘息

叶子赶路的喘息

父亲躺在病床上的喘息

母亲提着大桶猪潲的喘息

她把手插进水田里，我把笔插进衣兜里

我不可能像中年人那样养尊处优

回忆时光流逝，桃红李白

我甚至没钱买一条新裙子，学孔雀开屏

我甚至没有力气议论宝马，嫩模

学习，兼职，满天星斗送我回家

我甚至连寂寞都没有

80后，一个倍受煎熬的词

我听到的风声都是喘息

偶尔母亲打来电话

聊几句就说电话贵，断了乡音

与父亲聊天

2008年冬末，阳光单薄

我与父亲坐在田埂上

黄牛在一边细细咀嚼憔悴的蒿草

父亲是座沉默的大山

如今却跟我聊起隔壁的火灾

聊起山里的树如何被一夜砍光

聊起姨外婆如何离奇死去

聊起村前的大姐竟爱上了妹夫

背负着鸡零狗碎的咒骂私奔他乡

聊到在广东打工为我赚学费的话题

就渗透了风声雨声

父亲的声带被金融危机这个词卡住了

返乡的民工潮卡在车站

童年失落的风筝卡在树杈上

我用手臂攀住父亲的肩膀

却不可能像依附的藤蔓那样生长

父亲瘦了，我也瘦了

一只孤独的鹭鸶从我们头上飞过

寻找冬天的口粮

父亲点燃一根旱烟

疲惫的目光如烟灰散落到脚下

田里的稻茬七零八碎

不久就会被犁铧翻沉到春天的梦里

铎山镇

四面环山的铎山镇，名不见经传

有我家的红砖青瓦与三亩两分地

水田的稻秧返青时，红薯藤就开始爬坡

戴斗笠的男人在雨水中消失

女人在家绣鞋垫

依然是鸳鸯一对，花红几朵

老人在院子里唠叨男婚女嫁，鸡鸣狗叫

两百米长的街上，牛全席店子一家挨一家

大碗的水酒，红脸的关公

三碗下肚，就与古人划拳吆喝

远方归来的游子拉着父亲的手

走走停停，在一点也不朦胧的油菜花里

冷水江

上高中时，我在这座城市的郊区读书
触摸到它的轮廓
以前，我只是在方言里与它相遇

我和几个同学步行进城
经过电厂的一座旧水泵房
上面还残留着一条斑驳的万岁标语
城北有个波月洞
拍过《西游记》里的三打白骨精
我没钱去看，只能幻想自己是妖精

而闻名世界的锑都已老态龙钟
疯狂开采的锑矿山，早已是寸草不生
运煤车一辆接一辆，城市里灰尘起舞
溜达半天，我们就面面相觑

我从不留意那些新起的高楼大厦
日新月异与我也没多少关系

我只爱臭豆腐，酸萝卜与向东街的牛肉粉

在小巷子里与服装店的老板讨价还价

为一件廉价的时尚服装欢天喜地

偶尔我才会想起家乡的这座城市

想起一位老师，那个剩男

只记得他五年前的样子

锡矿山

家乡有一座世界锑都锡矿山
绵延几十里，连草都毒死了
像巨大的墓穴越挖越深

爆破，电铲，将远古的生活翻了出来
还有动物的骨头化石
有故事的脉络，有思想的碎片

一群乌鸦飞了过来
甩掉后退的森林，来寻找食物
它们凄厉地叫着，那一点点真实的污点
让抒情诗苍白

盘山公路上的一辆辆载重车
发出中年的喘息，朝更年期驶去
不远处的冶炼厂，钢铁厂，电厂，叼着烟斗
空气中挣扎着明天的肺

记得读高中时，我们来锡矿山参观

如今我只想逃离这片荒凉之地

我要生活里涌来的浓荫

还要披上宁静的花香

资水谣

故乡有一条资江，开着慢车
慢到青山不老，蝴蝶追上秋天的金黄
好像有一种力量轻轻拉扯着
时光的眷念

河边还有红砖青瓦，还有木板房
还有打渔的艄公在修补渔网
天空盘旋着三两只白鹭
它们朝下看，让我明白
天上只有盛大的浮云

听爷爷说，他乘木船到过
杨家滩，保庆府，新化码头
来去的多是生意客，还有几个历史名人
而我只是喜欢到禾青吃唆螺
吃白辣椒水煮回头鱼，在异乡回头

我的母校，就坐落在河畔

我朝这条江弯过腰，但不是膜拜

而是想看清自己成长的影子

我不会空说爱什么，再多的爱

也不能牵制我离开。再多的恨

也不能阻挡我流浪归来

二 月

最早跑来的春风是一匹野马

还拖着白色的尾巴

在荒凉的稻田上转来转去

炊烟淡淡升起

柴火舔着黝黑的锅底

母亲的脸色被火光擦亮

她在加柴，幸福却从未被点燃

堂屋里的犁铧倚靠在墙角

屋檐下挂着斗笠蓑衣

这年代久远的布局

让心痛的游子在二月苍老

山上的蕨刚刚探头

我就要走了，春雨会来送我一程

没完没了地叮咛

老 屋

我家的房子，住过几代人

瓦片的狭缝里长着稀落的杂草

这里的植物都学会了见缝插针

人也是一样，在屁股大的低洼处开出梯田

房子后面的山坡上，茅草铺天盖地

好像要把一切都统统淹没

童年早已经被淹没

到茅草里待一会儿你就找不到自己

父亲不干活的时候，也常常不归屋

这里晃晃，那里晃晃

有点小热闹的地方就有他的身影

回到家里的时候，就只省下了鼾声

想到那些无名坟墓

我家后面是一座坟山

小时候我常在那里玩耍

很多坟墓年代久远

名字就飞走了

一些新坟也夹在其中

有的修得颇为气派

只是让活着的亲人有面子而已

我们围着坟墓转来转去

蝴蝶一样飘忽

一生就暗了

有男孩藏在坟墓后面

突然伸出一只手来

我们就叫，鬼呀

有次竟看见白衣人坐在墓碑上

好奇怪，他怎么能够像朵白云坐在上面

还没等我们看明白

他又突然消失了

我们只是纳闷，不知所措

长大后才知道恐惧

逝者也会混在我们中间

再过很多年

再过很多年

我会变成杉木还是灌木丛

阳光会不会老

溪水会不会陈旧

城市日新月异的变化

带给我莫名的恐惧

再过很多年

如果我只剩下沧桑经历

与一些陌生的名字

小孙子看到我干瘪的身体

会不会像看到化石一样好奇

我在村庄走来走去

找不到背叛的地方

放　牛

大学放假回家

我想再做一次放牛娃

我亲热地拉紧缰绳

黄牛不住地甩头，眼神冷淡

几个放牛娃与我结伴

听我说山外的精彩

大地青黄不接

牛低着头默默寻找

我抬起头，天空只有流浪的云彩

当我松开缰绳，牛突然逃跑

一不留神，命运就改变方向

我不得不去穷追不舍

一路跌倒受伤

牛追回来了

还有追不回来的时光与梦想

母亲心痛地给我身上的伤口擦药

一个老人拉着板车上坡

一个精瘦的老人拉着板车上坡

黝黑的肌肤在下雨

他的影子已被高楼大厦淹没

车上装有家具，电器，日常用品

还有一些老书和陈年旧病

一个时代的情结在缓慢地爬坡

这两年，小城的新房如雨后春笋

老人天天都在给别人搬家

却搬不动自己那十平方米苦涩的生活

在奔驰与丰田飞来飞去的街上

人们对老人已熟视无睹

只有阳光与他亲热

如果拉着空板车，他就迷失了方向

如果没有沉重，没有喘息

他还能到哪里搁浅

忏　悔

依然是红砖青瓦停泊在季节的港湾

炊烟跑不出村庄

溪水在春天流出妊娠条纹

密集的词语分头去探访刚出生的婴儿

而秋风则携带着金色转弯

有失落才有收获

人与自然各得其所

老人走了，就抬到高处去

小孩生了，就在泥土里摸爬

我去过城市的教堂，我也忏悔

忏悔穿过年复一年的村庄

闪着露珠的光

奶　奶

她老掉了牙

还带我去爬山

摸老树的脸

她怕毛虫,怕蜈蚣

怕看见爷爷的照片

她教我穿针

有绣不完的鞋垫

每天在菜园子里转来转去

转动时间的轮子

每天睡得很晚

梦里给我盖被子

直到我看见她睡着的模样像石头一样

就再也没有醒来

回　忆

仿佛什么都才开始

树发芽,草变绿

阳光捕捉三三两两的影子

这让我想起

却只有迟疑的脚步

而我总是拿一本破旧的书

小时候在山坡上放牛

看起来自由

把日子与奢望

简化为一些就要飞走的汉字

谢光棍

谢光棍找不到老婆，风吹过来嘲笑

见了村里长辈，他就低头而过

与小孩子们玩过家家，锤头，剪子，布

桃花一开，谢光棍就发情

与嫂嫂们调口味，唱起老土的山歌

在田头干活时，还突然将裤子脱下来

惊得嫂嫂们嘻嘻哈哈四处逃散

后来谢光棍花钱买了一个老婆

这女人神情呆滞，不时朝外跑

又被大山挡了回来，后来

谢光棍就有了两个儿女

就神气起来，对着自己的女人大呼小叫

生怕外人听不到

只是谁也不知道这个女人来自何方

她常常一个人发呆

把目光与远方的云彩粘贴到一起

画　面

父亲披着暮色，牵水牛回家
母亲停止了忙碌，拍了拍头上的烟灰
张罗着，吃饭了
我的肚子就咕咕地叫了

张家媳妇生了儿子，刘家奶奶快要断气
还有那条小溪看见了娃娃鱼
那个龙虾成精的水塘
都被我们摆在了桌面上
说长道短

母亲笑了，父亲浑浊的眼睛也放光了
我们几个小孩似懂非懂
不幸福，也不悲伤
天一黑，乡村的所有故事就拉上了帷幕
一碗米饭，将我们送入沉沉梦乡

梦见女同学

好几次做梦，我就叫她
梅子，快点走
那时我们要翻山越岭
步行两小时去读书

奇怪的是梅子挺着个大肚子
磨磨蹭蹭落在后面
我怎么叫，大山也没有回音
梅子与我的距离越来越远
不只是隔了几条小溪，几座大山

好几次梦到梅子，我就叫
快点走，可我怎么也拉不到她的手
我们说过，一起到远方
梅子，你还会不会想，我们童年的远方

苏醒的雨滴

一开春，雨就来了
没完没了地唠叨
醒醒吧，它一路轻轻地叫着
敲敲大山的脑瓜，摸摸小姑娘的头发
它也在乱坟岗上，哭泣

就是唐朝也是这样，野草首先
在枯黄中有了星星点点的绿意
然后是老树发新芽，迎春花开
獐子，在山坡上一掠而过
路人则把脚印种在泥泞里

女人在菜地里下种，她的背有点驼了
男人戴着蓑衣斗笠，赶着水牛在犁田
乡亲们，读不懂自己，却读懂了
春雨贵如油

而一个少女在雨中发育成熟

疏远了王子

动了凡心

有一种爱连时空也无法割舍

儿时的一个子夜像个燃烧的火炉

41度高烧让我执迷不悟

母亲抱着我奔向邻村的诊所

一路反复念叨着我的乳名

她的手掌沉重地落在诊所的门上

像当年她敲打外婆的坟墓

那个晚上，我的灵魂偷偷溜走了

与外婆说过的故事相遇

可是外婆的手，怎么也牵不到

醒来时，我叫着外婆

母亲就掉泪了

她说，孩子，外婆去了远方

"远方除了遥远一无所有"

但有一种爱，连时空也无法割舍

侄儿侄女

每次见到侄儿侄女

他们就用稚嫩的小手

把我抚摩成青草泥巴

带回的QQ糖

被他们一抢而光

我们玩老鹰抓小鸡的游戏

长大了，就假戏真演

母亲说过的故事

我又说给他们听

窗外的夜色依然没有改变

他们睡着了，鬼就溜出来了

离开时我脚步轻轻

生怕惊醒了睡在地下的亲人

二　梅

她是家里的第二个女儿

所以取名叫二梅

儿时我们一起去放牛，扯猪草

蝴蝶在身边舞蹈

白色的是白雪公主

黄色的是压寨夫人

蓝色的是妖精

我们飞到故事里

又坠落在大山的影子里

上学后，我们每天起早贪黑

带一点剩饭与咸菜

相伴走一小时崎岖的山路

有时她摘一朵野花

插到我的鬓角

叫我新娘子

而我喜欢说一些大山听不懂的话

她就懵懂地做我的粉丝

我们手拉手

走失了那么多的岁月与汗水

初中毕业后

二梅就外出打工

地址也在流浪

只有乡情卷土重来

不久，听说她嫁人了

从一个村庄到另一个村庄

她的孩子

又将重温我们苦涩的童年

二梅，偶尔我会莫名地想到你

憋在心里的那一场雨

找不到坠落的地方

初中同学聚会

大学毕业后的一个冬天，到车站接王勇

从广东的流水线上漂来的

一张黝黑的面孔。他问，李丽来了吗

这个让他无数次梦到的名字

也让他成为废品

他又问，李志远来了吗

我的脸就发烧，读小学四年级的时候

我伙同几个女同学将他叫到墙角

逼问他喜欢谁

我们一个个报女同学的名字

直到念到谢小青，他才点了点头

如今他带着上海姑娘，荣归故里

大家聚在一起，先问电话与qq号

各奔东西，不少人已断了联系

有人问谢大贵怎么没来，大家就沉默

两年前，他在深圳自杀

晚上，村长的儿子刘大魁请客
他是煤老板，一张嘴就喷出豪气
灯红酒绿，我唱了一曲《痒》
心不痒，痒的是天边的白云

老式抽屉

奶奶把那老式抽屉打开

不知道装了些什么

我完全没有在意

拉开，放出一些回忆的声音

关上，昨天就睡了去

在外求学，见多了繁华幻象

偶尔想起那个老式抽屉

以及奶奶佝偻着身躯

开关抽屉的动作，有点不同寻常

有时夜半我会被什么惊醒

睡在身边的他在打鼾

我们也被关在黑暗的抽屉

多年后我把抽屉打开

里面只有一尊用红绸包裹着的观音

| 第三辑 | 时光书

时光书

一段昨天的戏剧

被我们重温

我的嘴里

发出的是逝者的声音

爱呀爱，雪地里的脚印

注定要被阳光收走

包括青春的叶子

包括一生的财富

包括诗人写下的抒情文字

现在，我在你的怀里流泪

不是流着珍珠

明天总要分离

下辈子只是泥土与空气相逢

一根白骨

可以虚构那么温柔的肌肤

周末的夜晚

周末，吃过晚饭

寝室的女生如鸟兽散去

有人通宵上网，有人包房

街上的行人也多起来

远远可看到KTV广告的霓虹闪耀

只有我去了图书馆

让身体保持冬眠的姿势

天天在一起的人都已忘记

忘记时光流逝，也忘记红颜一笑倾城

我在书里生死，寻找明天的墓地

回到鸟窝，只剩我一人

房间里已没有叽叽喳喳的声音

这夜晚如此漫长，如果没有鬼来骚扰

我们怎么填补前生后世的空白

第一次进入女澡堂

在乡下，我们关起门，用木盆洗澡

我的秘密也越洗越大

上大学后，第一次进入女澡堂

心跳就加快。我好奇地打量别人

再慢慢地脱衣服，动作僵硬

当我如剥开的春笋，乡村就曝光了

那些小女孩如风中摇曳的花蕾

我的童年，只在水塘边泛起天真的浪花

而刚刚发育成熟的少女

胸脯上倒扣着两个白色小瓷碗

莲蓬头在下雨，与乡下的雨一样

在少女的身体上画出弧线

好多事情，就这样温热地流过

那些教师，人到中年

身体臃肿，肚子鼓起如怀孕三月

乳房下垂，像秋风里开始干瘪的丝瓜

她们取下眼镜后，世界就一片茫然

那些退休的老人则像我的奶奶

动作迟缓，不言不语

她们老得只剩下布满条纹的花岗岩

与叶芝写的那首传世诗歌没什么关系

在澡堂，我看到了自己的生命过程

对未来反倒少了一些恐惧

昨天已经过去，明天孤独夕阳

今天病树前头万木春，乳房膨胀

晨　读

这个暑假我不回家

我要考研

清晨五点我就蓬头垢面去晨读

学公鸡叫

我的青春已经天亮

我跑到后山对着一颗老树说鸟语

老树呀，老树

也该过过英语四六级啦

我拍拍它的肚皮

听听里面有没有货

如果空心了

进入市场也卖不掉

雪 人

校园里垒了一个雪人

像个不懂事的孩子

有人议论，有人微笑

有人摸了摸它的脑袋

而我只是远远地看了看

我们也被爱过

没有太多的理由

走出校门，拐个弯

雪人就掉队了

我还没有

我还没有进入稻子灌浆的旅程

乳房饱满

我还没有渗透到深井里

被人汲取

我还没有春风杨柳

就雨打芭蕉

我还没有烟波浩渺，白云悠悠

就迷途知返

我还没有成为你数过的一颗星星

记住也是忘记

人流卡

在黄兴步行街上，突然
一个女孩塞给我一张卡
我随手接住，看了一眼
如接到烫手山芋

男友也看了一眼
随口说道，人流卡
我慌忙将卡藏到衣袋里
不少男人，打着爱情旗帜
不问收获，到处播种
我们把谎言，也播种在天上

那些藏在子宫的孩子，不是今天的孩子
那些童话已胎死腹中
那晚我流了好多血
在梦里

偶　遇

在铎山镇，突然遇见你
你叫我一声小青
我装作不认识
你走上来拉住了我的手
却拉不回稻花与荆棘的童年

你身边还有一个漂亮的女朋友
我不知该说什么
你去看了吗
山上的野草莓又红了
那棵刻有我俩名字的树
却已被人砍掉

我喜欢随便坐在校园的路边

我喜欢随便坐在校园的路边

在一处树荫下

被零星的阳光瓜分

我喜欢听过路人踩住落叶的呻吟

或静静地看书，或想一个人

像冰淇淋一样融化

或在路边打个盹

铅字便像蜜蜂一样飞离

书本全变成白纸

我在一张白纸上醒来

昨天已不能盖章

聆 听

病危书像片片枯叶，这个破产的秋天
心跳都跳到纸上
在大学，说笑话的材料化学老师
失恋的雪儿
不过是在化学反应里按部就班地表演
好久没给在广东打工的母亲打电话了
她老说电话贵，就断了乡音
千里之外一片空白
只有想象鹰翅带来的风声

远去的色彩

长大后我对色彩就不太敏感了

只喜欢黑或白

我还年轻

我还没有挥霍懵懂的岁月

怎么就像枝繁叶茂的夏季

藏着不为人知的果实

爱呀，反正有的是还没有被开采的树木

痛啊，反正有的是凋谢的花朵供人悼念

空　虚

忙了三天会务，眼前晃来晃去的是人影

没有认真琢磨一张面孔

啤酒喝下去是空的

说过的客套话是空的

到台上朗诵诗歌，脑袋是空的

颁奖的时候

有冲动的少年搂住我，心是空的

老师就坐在酒席上

为什么我看都没看一眼

晚上有上海的同学打来电话

我依偎着他的声音休息了一会儿

突然想乘一班飞机离去

消失在茫茫的夜空里

哥 哥

哥哥，又一场大雪来了

我通红的小胖手又长了冻疮

天冷，手好凉

哥哥，你借着白雪的反光看看我

看看我淡淡的妆

还有我淡淡的唇花瓣一样

会不会吸引春天的蝴蝶提前飞来

哥哥，一年的光阴快过去了

我想你应把拥抱寄来

或者你应过来一趟

因为这里的雪很大，很大

白得迷茫

同一片天空下

那时我呆呆看着天空

我刚刚学了地理

知道云朵带来了太平洋的问候

还有更远的彼岸与北美洲

那里有鸽子在广场上散步

不同的肤色得到的阳光都一样

活着的方式却不同

我只有一个穷山村

我唱着一首老掉牙的歌

我在田埂上光着脚丫

别人穿着我的鞋子在远方行走

四面时光

东风西风都是我的朋友

雪 儿

雪儿不是雪，肌肤如雪
有空就写两首小诗
出门就带一把花伞，消失于烟花古巷

雪儿是雪
为一个男生的谎言融化
在一场三角恋中，流尽最后一滴泪水

雪儿，我的湖南老乡
我们无话不谈，又因为爱情与容貌的游戏
迎面相遇也视而不见

因为雪儿，有时候我害怕阳光
只翻出一些破铜烂铁

早上六点的歌谣

早上六点，我起来晨练

环卫工人在打扫校园

清理着我们梦里留下来的垃圾

几个退休老教师在摆仙鹤姿势

与外面的世界咫尺天涯

不久，他们就飞走了

而我们是不是丢失了对自由的敬畏

在操场跑了几圈，我开始弯腰压腿

一个五岁的女孩走过来抱住我

叫我姐姐，要跟我学习舞蹈

我突然想带走她，连同她父亲的微笑

这时，一条远方的短信

萌芽一样布满我的手机屏

我的额头，我的手心已微微出汗了

晨光将残余的黑暗连根拔起

地　址

到了新的大学，在邮件上写下新地址

可以安排白昼与夜晚住下

把硕大的行李箱放置在墙角

让新书摆在枕边做梦

母亲打来电话，乡音也有着落

但我不是这里的高楼大厦

也不是这里的树木与大理石

我只是这个地址的寄生虫

吐丝做茧，等待破茧而出

扇动美丽的翅膀，水绿两岸

想到街上还有流浪者，远方还有难民

所以，鸟儿停留在树上知足

鱼儿在弯曲的河道产卵知足

出洞的蛇扭着闪电

在岳麓山与我不期而遇

手　表

他许诺送我个礼物

用铅笔在我手上画了个手表

刚好是上课的时间

我哭了，像一场夏雨，趴在手上

他问我几点了

我说太阳在下山

过了几年，他打电话又问我几点了

我说月亮出来了

为什么一个约定后

我们就咫尺天涯

为什么我的手表没有动

他却更换了几多春夏秋冬

咖　啡

咖啡，放糖也有点苦

我只是偶尔品尝

故作姿态，像小资女人

那年我去杭州打工

认咖啡馆的老板作姐姐

与前世的亲人邂逅

她做文化生意，写诗歌与随笔

在男人的目光里走得更远

经常有一拨一拨诗人与老总来聚会

宝马载着中年的沧桑与寂寞

我们有碰杯的机会

却难有说话的机会

她问我的来路

问油菜花

没问我有没有男人

两杯咖啡，谁都懂谁

茶

我们被时光泡着

被别人品着

只是档次不同

少年的味道浓些

中年的味道淡些

到老年应是泡过很多次的寡淡茶水了

记得母亲忙碌了一天

晚上泡一杯茶

静静地坐一会儿

这是她唯一的享受

小时候，我常常偷喝两口

就睡不着，乡村的夜晚太长

我只能独自听黑暗的声音

生日玫瑰

他从海边过来

在我的宿舍楼下

捧着24朵玫瑰，那是我的年龄

怎么会在别人的手中盛开

我不敢下楼，怕被大海淹没

甚至我连手机都关了

在黑暗里失踪

经历过不少诡异的事件

我已经学会风平浪静

他站在寂寥的月光里

让大海整夜在升华公寓静静涨潮

今夜，"爱比不爱更寂寞"

第四辑 | 他乡与季节

与灵隐寺擦肩而过

我住的地方可以看到灵隐寺

打工回来，灵隐寺古典的房顶

慢慢被暮色抹去

好多真相就这样被抹去

还有谁在敲响警钟

星期六放假，我来到灵隐寺的门口

囊中羞涩，还是没有进去

也不知道花40元门票

能让菩萨保佑什么

我一个人爬山，与灵隐寺擦肩而过

不时有游人朝我行注目礼

还有昨天的回头率，我很知足

我们都是别人的风景

落　日

鸟衔着落日太落套了

焚烧着骨头与命运太空了

现在不是流行神话的荒莽时代

其实我最喜欢这个时候的风景

低调，柔和，千山万水都暧昧起来

有些事情不说也罢

慢慢就沉寂了

我什么都不想

富贵与贫穷都不想

活着，能发出自己的光芒就够了

该谢幕的时候我会坦然

在火车上

火车缓缓启动，带走背井离乡这个词

如我的初恋，越想越远

我们都已不在原来的地方

一条短信比火车更快

却追不上消失的童年

现在，我们爱露出白嫩肚皮

厌恶播种

总想跑到很远的地方一夜成精

那么多的人在奔波

上车下车，让春天涨潮

他们心里是否还有盛开的油菜花

火车一路向北

火车一路向北

那些熟悉的山水与人

都隐藏到我的行李中

家乡，成了地图上的一枚钉子

打开书本，经典在动摇

傍晚，看到余晖中的长江

浪花淘尽英雄，我想将他们叫醒

车过黄河时，我一无所知

只是梦里浑浊了一会儿

夜里老睡不好

中铺的老乡打鼾

上铺的云贵高原爬上爬下

铁轨呻吟，远方枕着母亲的臂弯

第二早上，火车逼近了北京

起来洗漱，发现自己在流鼻血

家乡的水土

以血浓于水的方式将我牵挂

在刘庄旅社的院子里喝酒

那天晚上，从北戴河的海滩回来

我买了瓶啤酒

也不知道为什么要喝酒

在刘庄旅社的院子里

风吹来渤海湾淡淡的腥味

来了一群90后的学生

让旅社涨潮，一人高叫

开两个情侣间，再开三个单间

其中两个男生好奇地朝我打量

他们的脸在酒杯里摇晃

老板的女儿冲我莞尔一笑

姐，一个人喝酒呀

是呀，一个人邀大海举杯，彼此安慰

彼此幻想，血管膨胀

七月的北戴河

七月的北戴河，我爱上了它的天气

云淡，阳光也淡

不用打伞，擦点防晒霜就可以流浪

即使下雨，也下得疏朗

一笔带过，没有红颜薄命的伤感

步行街鲜花簇拥，人造瀑布水声哗哗

坐在树荫下，就可以置身世外

随处可见俄罗斯人，拖儿带女

悠闲自得，他们把北戴河

当作了自己的家园

海鲜一条街人来人往，酒杯碰响

去海滩的路上，都是身体的曲线

在陌生人中间，我分外坦然

无论儿女情长，还是英雄气短

都被海风吹散

杭州，一个炎热的中午

花瓣都倦了，翅膀都匍匐了

一成不变的天空

太阳如通红的炉口

路上的行人都成了发光体

古人已藏在树荫里

我又藏在哪里

大家风范的东北亚，玉米长得比人还高

媚眼柔肠的小江南，有小胸衣流浪

伸向远方的铁轨

看着伸向远方的铁轨

我们的距离就近了

或许只要一个念头

就是相遇，就是邂逅风口浪尖

或许挥挥手

就告别一片云彩

或许跟着火车奔跑

才撕心裂肺，不是所有的时光

都能赔偿

但不要天天都是远方

那我就丢失了，星星挂在天上

那只是丢失的记忆在闪亮

当火车打起响鼻

那一刻，我却有点惊慌

早春的北京

来到北京，与古典反倒疏远了

你高大的身影笼罩了娇小的花蕾

你煲的汤，你房间的男人气味布下陷阱

让我木讷，找不到合适的词语表达

在巨大的鸟巢里，我真成了雏鸟

头顶的云朵像船一样漂过

你的数码相机不停地闪烁

每闪烁一次，我就消失一次

我喜欢利用童话，抵达你背光的一面

两天的时间还来不及仔细品味

就被车水马龙分割成条条框框

甚至，我还不太适应高楼大厦压迫下的散步

不太适应快节奏下的分道扬镳

当你追随着火车奔跑

当火车的加速度拉断了你的目光

你就失踪了，被18点30分的巨大黄昏包装

早春的北京，我有什么东西忘记带走了

在春天

在春天，不要用心良苦

该发芽就会发芽

该夭折就让它夭折

与一朵野花交朋友

爱上她的清新，也爱上她的卑贱

跟着冲动的溪水

经历一段弯曲的路程

累了就找块草地躺一躺

接近草木的颜色

有鸟惊飞，身边总有埋伏的翅膀

早春，在沿江路上

只要细心，就可以从枯黄的草色中
发现点点嫩绿，如幼儿园的孩子
还不懂春寒料峭这个词

也可以让眼泪结冰
瘦瘦的河水在缓缓流动
几个钓鱼人关注着浮杆
不时被往事牵动
一只鹭鸶在河边跳来跳去
看我一眼就飞走了

你把我冻红的双手捧到掌心
哈一口暖气，泥土就痒痒的
让我有了萌芽的颤栗
我们用手机照相，摆未来的姿势
风吹乱了我的长发

哦，那些仍未苏醒的草木

那些迎着寒风匆匆行走的人

那些在脚手架上忙碌的身影

那些躺在病床上气息微弱的老人

把众多的形容词

留给了后面的生气蓬勃的日子

月光边境

月光有边境吗？也许没有
国与国，都在它的怀抱里
安宁或者战乱

月光有边境吗？也许有
不同的心灵就有不同的疆域
古代与今天，又如何把酒相聚
或者送别十里长亭

高楼林立，白骨深埋
大风吹呀吹，吹跑了一个个王朝
却吹不动月光
我写下的诗歌，你读了吗
那也是一个祖国，被月光照亮

杏　花

小小的杏花越开越多

在叶子的缝隙里张望

我看见的世界

只是一个角落

一个侧影

我说不出什么大道理

只是浅浅一笑

我淡淡的香，只有五米远

你闻到了吗

请你再走近一点

下雨的夜晚

下雨的夜晚

远处的灯光

如女人沐浴的肤色

街上的行人不见了

童年不见了

雨伞撑开的回忆

还没有回家

那个爱我的人

被雨水写到天涯

我空空的行囊

塞满雨声

献 诗

写一首诗，不是眼泪与蝴蝶

终被秋风吹灭

不是前生后世

海市蜃楼，白骨在旅行

不是明星胭脂

藏在遮羞布的后面

不是天上的星星亮在灵魂里

写一首诗，给你

给路上的风尘

无论御花园折桂，还是千里漂泊

请记住，回头是岸

我们不曾相见，却惺惺相惜

当你举头望明月

我们就在月亮上相遇

当你举杯，或许我也在举杯

一样热血沸腾

写一首诗，给自己

给雨水中发育的眼睛

爱呀，绝非天上掉馅饼

当风卷秋叶，我还有果实

被牛顿的万有引力定律感动

累了，就找块草地躺一下

与大地一样平静

相信我的文字会长出翅膀

飞越国界，哪里有自由

我的骨灰就留在那里

在天宇大厦顶上眺望落日

天宇大厦是这座城市的身高

36层的高度，并未给我居高临下的优越感

有人嚎叫，有人沉默

一只鸟儿在我们头上掠过，抖了抖翅膀

傍晚的市井依然一派繁忙

在自由市场卖药材的李四

在街头弹吉他吟唱的瘸腿的张三

在旅游车上招手的老外

只是阳光翻出来的司空见惯的表象

而阳光与后现代无关

我们不过是活在其中继续古人的游戏

我们对生活憧憬还是恐惧，如此而已

每天的日落都是盛大的葬礼

光线渐渐淡泊下来

那些炫耀的色彩也慢慢归于平静

蜘蛛网一样的路上，金属的甲壳虫拥挤着回家

人老珠黄的母亲守在门边张望

所有的影子都被拉长

比回忆还长，比人生还长

太阳在慢慢下沉

一直沉到生活阴暗的底层

连同我欢跳与挣扎的心脏

青 草

满山遍野都是绿色的怀抱

有我野兔一样的童年在奔跑

一座座坟墓都埋着一样的骨头

一座座山峦都生长着一样的青草

一样温热的季节

一样的悲欢离合被狼毫书写

可悲的是我们都将死去

可喜的是生命不需要重来一遍

我们曾在同一个地名上生长

风华正茂

蝴　蝶

春天跟随它们飞舞起来
丢弃的茧壳烂在泥泞里

我的目光也在追逐
天上一瓣洁白，地上一瓣粉红
收留芬芳，不是为了人生打烊

蝴蝶与花朵在倒卖舞蹈还是五彩斑斓
相爱的人在大地上走散了
咫尺天涯

越飞越近的，那是归属啊
我们在抄袭蝴蝶的传奇

树上有一只小鸟

树上有一只小鸟

在跳来跳去

孩子在家里玩耍

不明白外面的世界

我站在树下

看着欢快的小鸟

看不到沮丧

这不是怀旧的颜色

悲与喜都有岁月买单

树上有一只小鸟

就有天空

与我们的仰望

布谷鸟叫了

布谷鸟叫了

水稻青了

上学的孩子蝴蝶一样飞了

雨水下了又下

屋檐的诉说没完没了

可以写诗

可以藏在树叶里发情

也可以发霉长出蘑菇

鸭子把羽毛洗得亮亮的

不时抖一抖身子

在泥泞的路上

有浪子回头

橘子洲头

我只要一小时光阴就够了

与橘林一起听琴吟风

遇到青年毛泽东

与他辩论几句

他爱指点江山，我迷"踏春归来马蹄香"

再美的风景，也只能欣赏，不能占有

我才不会想生儿育女之事

又不是到一个地方就要急于繁殖的动物

我也不想在床上掀起浪花

一声轮船汽笛，扯住游子的心

橘子洲头可以种瓜得瓜，种豆得豆

摸一摸青涩的橘子，吹一吹江风

随便看看，不要挖空心思

背负欲望，一百米之外就是沉沦

即使我跳上东去的湘军船头

也成不了巾帼英雄

古人刚走，后人未到

橘子洲头，我只是一个匆匆的过客

等不到你害羞的时候，万千文字凋落

西　湖

那些水还在

偶有鲤鱼翻身

那些倒影

多数成了古董

那些游人

只是换了服装

那些摇曳的柳树将春风送远

再送远

风一样吹过去

秋叶越来越轻

风越来越大

只留下沉淀的阳光，雨水的纹路

吹过去

就删除了很多激动人心的日子

我把手放在胸口

还痛吗

风一样吹过去

却无法追上去

羞　愧

落叶也不是我们想象的那样

那么依恋，伤感。离开

是迟早的事。我们坐火车远行

最害怕中途下车

我们有过萌芽，天不怕，地不怕

有过青翠，有过喧哗

在风雨中喧哗。但我孤家寡人

在嘻嘻哈哈的女声中像缄默的刺猬

在人群中低头而过，不被褒义词绊倒

这些年我一直在反省，与花篮为敌

什么时候我们就改变了颜色

随风而去，让墓碑下的人羞愧

大漠植物梭梭

不问苍天，只深深扎根

把祖国这个词牢牢抓住

命运将我弯曲，弯曲却有弹性

不被大风折腰，只为生活驼背

扪心自问，道德是什么

我在为明天把守底线

我摇曳寂寞也摇曳

有多少回忆可以消魂

说什么天长地久

天堂在画里

我就爱一滴眼泪胜过黄金

爱大漠收留的白骨

爱你的沧桑，西出阳关就遇到英雄

北京，紫丁香

在车水马龙的公路上

我看不到去公主坟的站牌

看到紫丁香

在森林一样的写字楼里

我找不到朋友，找到紫丁香

在拥堵的北京奔波几天

我晕头转向

不明白愁是什么愁，香是什么香

小桥流水的故乡应该怎么喊

北京，细碎叶子

北京的春天比南方慢一拍

当南方风华正茂

北京才有细碎的萌芽

匆匆的行人

脸色也比南方冷淡

也没人理会天空

与天空中仍显僵硬的树枝

银质的宝马闪着寒意

拐个弯，就消失了前程

只有我这个异乡人停下来

把细碎的叶子

放在眼睛的摇篮里

站在北京西二环过街天桥上

站在天桥上

我怀疑是一阵春风

吹来了这么多的甲壳虫

让我眼花缭乱

在金属的外壳里

跳动着弱小的心脏

一抬头

天空就把我们看作了陷阱

桥下如同湍急的河流

不停地流呀，流呀

流到哪里，那里就是前途

远方有多远

连翅膀也不知道

我不由一声叹息

是我们在不停地赶路

还是道路把我们背在身上

旅　程

到北京还是到拉萨

只是距离不同吗

北京坐宝马

拉萨用匍匐丈量人生

北京的阳光要暗一点

多一些磕磕绊绊

多一些折射与变形

而拉萨的阳光可以放大

你就被缩小成了一个黑点

甚至遥远得连黑点也看不到

你说太阳从西边升起来

我也信

树　荫

我写过一首诗，老人就是树荫

年轻人则在阳光里奔忙，变成古铜色

每当我回到乡村的树下

就会发呆，或虚构传奇

我家的房子也在大树的庇护下

那么安宁，袅袅炊烟天天长成树的形状

夏天，我们在树荫里摇着芭蕉扇

家长里短。小孩子吵闹

并用树枝在地上画一些奇怪的图形

当我们从这里出发，四方流浪，忘记了树荫

当我们有过那么多的明亮与纠结

再返回起点，静静地接近死亡

爱上自己的影子，爱上这片沉默的土地

山上的野草莓

夏天的一场雨后

它们就星星点点地红了

透过杂草与树叶的缝隙朝我张望

六月张望，七月也张望

昨天的孩子消失了

今天的孩子又来了

这童话一年又一年被复印

如果有一天

大自然的复印机出了问题

我们还能在哪里出现

伊　春

四面环山的伊春市

几乎被绿色淹没

像个摇篮

汽车发出婴儿的叫声

我怀疑那些建筑

是不是童话里的魔幻城堡

挺拔的红松天天向上

松鼠的尾巴变长

春天，杜鹃花开

女人就像新娘

冬天，白雪皑皑

地下藏着动物的心脏

小兴安岭有着故事的曲线

走进去

你就变成一颗失落的松子

悄悄长出根来

东北虎深居简出

马鹿游荡

猴头，木耳，蕨

一半阴影，一半阳光

我的笔在伊春行走

这里的面貌一直未变

这里没有白白浪费的时光

红松林上空的月亮

这里的月亮如刚刚沐浴过的水果

身上还有亮莹莹的水迹

不是内地一些城市上空的月亮

像个黄脸婆

如果你深入这面明亮的镜子

就能看到前生

前生都睡着了呀

盖着光影斑驳的被子

牛郎织女在打鼾，陶渊明在做梦

他为自己写诗，不想洛阳纸贵

我的回忆也睡着了吗

连问候也没有回音

你们都藏在哪里

我拿着一张逮捕证，游魂跑远

而月亮走得很慢

慢慢地让我们成为过客

它一点也不吝惜自己的光芒

把安详批发给伊春，把惭愧批发给诗人

幸福的根源是不知道幸福的结果

所有的红松都举头望着明月

布拉格之春

雪还没有融化
布拉格的春天就苏醒了
人民苏醒了，声音要发芽

苏联军队的坦克
带着滚滚雷霆开进了布拉格
弱小的捷克，没有派武装抵抗

也没有人放冷枪
只有一些穿三点式的捷克女子
来迎接冰冷的坦克

"你好，大兵，看看我们的身体
是不是与你们的妻子与女儿一样美丽"
满脸诧异的苏联大兵，铁腕下的大兵
读到了一个民族的幽默

她们用文明的笑容，堵住枪眼

回去吧，大兵

莫斯科的春天不在这里

长白山

说它是清朝的龙脉，太后与皇帝多次幸临
那又怎样
太多的说法风一吹就散
只有长白山还在，与天穹白头到老

火车开到二道白河就止步了
但人生只是又一个起点
笔直消瘦的白桦似乎有君子风度
但心是空的
东北虎已绝迹，但温顺的梅花鹿
还在众目睽睽下低头吃草

听导游说，看天池要有缘分
有位大人物三次来长白山
天池也没有开眼
我没缘分，赶上小雨天气
山上雾气缭绕
别说天池，就连长白山也是雾里看花

越野车将我们送上海拔2700米的山顶

什么也没看到，我们只留下了脚印

要说遗憾，人生有太多遗憾

不过，天池知道我来过

这就够了

| 第五辑 | 评　论

诗歌"青春期"的生成性与困惑

——关于谢小青的诗

霍俊明①

在溽热的武汉参加"闻一多诗歌奖"评选的时候，在《中国诗歌》上我第一次比较全面地阅读了谢小青的诗。作为一个20世纪80年代末期出生的年轻诗人，她是入围此次诗歌奖最年轻的候选者。尽管她的诗歌可能还存在着一些可供商榷的问题，但是她的诗歌已经引起了批评家和诗人的普遍关注。当然对于谢小青这样一个年轻的写作者而言，她的起步较高，有些诗作也相对成熟，但是整体上看也存在当下一些青年写作者普遍存在的问题。换言之，此文对谢小青的肯定以及一些问题性的指出既是来自于她的文本，也是对整个诗坛的写作而言的。对于年轻的写作者我充满了期许，说些具体而微的建议对写作者而言也是一种必备的参照。很难想象，对谢小青这样的具有潜力尚需进一步

---

① 霍俊明，河北丰润人，著名诗人，批评家，文学博士后。现任职于中国作家协会创研部，中国现代文学馆首届客座研究员，首都师范大学中国诗歌研究中心兼职研究员，台湾屏东教育大学国文系客座教授。著有专著《尴尬的一代》《无能的右手》《新世纪诗歌精神考察》《变动、修辞和想象》《从广场到地方》等，编选《青春诗会三十年诗选》《中国好诗》《中国年度诗歌精选》等。曾获得《山花》《滇池》《扬子江》《南方文坛》《名作欣赏》《星星》《诗选刊》年度奖。

凸显个性的诗人而言说出的全是肯定和赞誉的话。这是可疑的。这使我想起梁小斌在参加第十八届"青春诗会"的时候曾经说过这样一句话——"青春诗会的最大收获是产生了困惑"。是的，青春的诗歌如果没有困惑而只有自信和自负是可怕的，也是可疑的。

　　就谢小青目前的诗歌所处的阶段而言仍处于"青春期"，这样说并没有贬低诗人的意思，即使是海子在离世前也仍然处于诗歌"青春期"。换言之，谢小青的诗歌正处于未完成的状态。在诗人的诗歌品质和个性在逐渐生成和凸显的过程中，诗人不能不产生困惑和不满——除非这个诗人过于自以为是，这样就只能自生自灭了。这一阶段的诗歌写作最大的好处和优势是自由、自我、随意、任性、大胆，有写作的热情和饱满度。这些还有些粗糙但是具有旺盛成长势头的原生性是成熟阶段的诗人所不具备的，当然其局限性也同样是明显的。

1

　　尽管谢小青的一些诗歌涉及到城市空间，但现在来看其处理更多的则是乡土背景下的家族、记忆以及成长期的内心漩流。当诗人在城市里仍然不断回望遥远偏僻的故乡，这不能不是当代中国那些有着乡土经验的人在全面城市化和城镇化时代的集体性命

176

运。"我在向往现代文明与享受城市消费的时候，感觉自己失落了什么，身心受到了某种压抑与捆绑，机器轰鸣，高铁飞奔，信息爆炸，我们脚步匆匆，神情木然，在欲望的路上一日千里，我突然就想停一停，想回头看看被远远抛在身后的灵魂。"（《我会沉睡，诗歌醒着》，谢小青）。回忆就是挽歌。

在"铎山镇"这样的特殊而狭小的空间，谢小青以干净、利落、朴素、悲悯的叙述方式还原了乡镇生活的内里和真相。实际上还原能力对于诗人而言只是一个初步的要求，问题是当下很多青年诗人因为急于在诗歌中扮演各种诗人形象而使得这种还原能力正在普遍降低。"父亲去铎山镇"更像是一个小说的开头。平淡无奇的叙述口气恰好与平淡、局促、贫穷的日常生活现场之间构成了深层的一致。两百米长的街道，二十里的距离，一起容纳的却是无边无际的阴影，"最后他买了低档香烟回家／把阴影藏在肺里"。在一个年轻诗人呈现的诗歌世界中我看到的却是一个略显沧桑的诗人形象。她有时候并不宽怀，也没有学会在时尚中消解苦难与悲欢，而是时时在诗歌中反复出现戏剧性的场景和冲突。这种戏剧性冲突并不像一些诗人那样来自于阅读和西方现代诗歌传统的想象，而是直接来自于个体经验。从现代性转型的角度而言，新世纪以来的"中国经验"所提供的"农村现代化""传统的再造"等现代模式所展现出的人和社会的丰富性、复杂性不仅已远远超出了当下西方社会的文学经验，而且还超出了中国以往的文学经验。由此，这对作家的想象力和写作而言制造的难度是可以想见的。在谢小青这里，个人经验和社会经验之间，乡土与城市之间，当下境遇与过往记忆之间时时处于一种胶着的状态。由谢小青诗歌的戏剧性我们既可以看到个体的命运，也可以在整体性的意义上思考晚近时期以来中国诗歌写作的集体命运和遭际。写作就是在寻找精神意义上的故乡和本源。这在一个全面城市化和城镇化时代显得如此虚妄、吊诡而尴尬。在一个社会分层愈益显豁的年代，在一个"中国故事"如此难解的年代，当你试图在深秋或寒冬越过灰蒙蒙的高速路和城市上空寻找故土的时候，你必须学会在"斩草除根"的现实中承受噬心而残忍的孤独。你起码要在文字中付出代价。

谢小青有很多处理乡村经验和记忆的诗，比如《父亲去铎山镇》《〈资本论〉后传》《姿势不同》《好好爱你，故乡》《夏天的收割》《云彩也可以触摸》《亲眼所见》《黑洞》《张铁匠》《乱坟岗的女人》《谢春花跳到哪里去了》《暮春》《大坪村的春天》《草民》等。这种趋向在目前中国诗歌界非常普遍，这既有时代的精神诉求又有诗歌趣味自身的合理性。当文学不得不参与了现实生活，那么写作就不能不是沉重的，"小时候我连一件新衣服都没穿过，上学也没买过一本参考书。年轻人都出去打工了，只剩下老人与孩子守着破败的家园。一提起笔，我的内心就纠结与痛苦，就想流泪，我的父母一辈子吵架烦恼，我的两个成家的哥哥连新房都盖不起，农村还存在着重男轻女的观念，女孩被遗弃被虐待的事情也常有发生。这是中国文化人分等级的悲剧，我写乡村不需要任何掩饰，更不会去虚伪地赞美，我把乡村的伤口暴露给读者，我把新旧文化的冲撞展示给读者"（《我会沉睡，诗歌醒着》，谢小青）。写作就此不能不成为一种命运。这让我想到了吉尔·德勒兹的一句话——就写作和语言而言"精神病的可能和谵妄的现实是如何介入这一过程的"？当下的写作状态与现实场域之间越来越发生着焦灼的关联，甚至社会伦理学一度压抑了美学和趣味。正如布鲁姆所嘲笑的很多诗人和研究者成了"业余的社会政治家、半吊子社会学家、不胜任的人类学家、平庸的哲学家以及武断的文化史家"。近年来诗歌与现实的关系不断被讨论甚至引发激烈的论争，也确如王家新所说"任何一个时代的诗歌都要在它与现实的关系中来把握自身"。诗歌与公共性现实的关系一直处于龃龉、摩擦甚至互否之中。这不仅在于复杂和难解的现实与诗歌之间极其胶着的关系，而且在于诗歌的现实化处理已经成为了当下写作的潮流。而这种现实化的写作趋向还不只是中国的，甚至是全世界范围的。正如多丽丝·莱辛所说"我们处在这个面临威胁的世界。我们长于反讽，甚至长于冷嘲热讽。某些词或观念几乎不用了，已经成为陈词滥调了；但我们也许应该恢复某些已经失去其力量的词语"。

诗歌作为一种趣味、美学、修为、技艺是无可厚非的，我们也没有必要在一个社会分层明显的时代让诗歌承担起沉重的社会伦理和道德。正如爱尔兰诗人希尼所说"在某种意义上,诗歌的功效等于零——·从来没有一首诗阻止过一辆坦克"。鲁迅更是直截了当,"一首诗吓不走孙传芳,一炮就把他轰走了"。但是同样重要的是在一个电子碎片化的时代(欧阳江河语)和共时化的大数据时代以及文化消费的社会,当下的诗歌与现实之间的关系从来没有像今天这样紧密、矛盾、纠结。很难想象一个诗人的村庄和住宅一夜之间被夷为平地的时候,他在诗歌中不愤怒、不理解、不控诉。说到诗人与现实的关系很多诗人还会惯性地将公共生活与国家意识形态甚至政治之间联系起来,比如欧阳江河所说的"中国这个国家,从来写作都是政治的一部分,尤其是诗歌。你想要脱离政治来谈论优美、意义、崇高,那几乎是不可能的事情。我所理解的最好的诗歌写作,尤其是'大国写作',一定要触及人的生命,人的存在的根本。在中国,触及人存在的根本而不触及政治是不可能的,所以当代诗意不必回避政治"(《电子碎片时代的诗歌写作》,《诗建设》2013年第10期)。德国的安塞姆·基弗认为当下的时代不再是把人扔进奥斯维辛的焚尸炉,而是"被经济的当代形式所毁灭,这种形式从内里把人们掏空,使他们成为消费的奴隶"。而当政治以文化消费的形式或娱乐化的"拟象"(比如好莱坞电影)直接参与了政治体制和意识形态,写作就变得愈益艰难了。就诗歌与现实的关系而言,阿多尼斯认为诗歌不是对现实的再现，"不论回避现实还是屈从现实，都是另一种'奴役'。诗歌应该超越现实，把我们从现实中解放出来"。这句话很深刻，但是对于复杂的诗歌写作而言，即使诗歌介入现实也并不意味着就不能写出好诗和重要的诗。也许只有极少数的伟大诗人能够超越现实，但是对于更多的诗人而言，重要的是出于现实的涡旋将之转换成为诗歌的现实、语言的现实和想象的现实。关键是如何通过诗歌语言的方式表现内心的无数个"现实"的风景。

2

重新回到谢小青的文本接着看诗歌的乡村叙事问题。"铎山镇"与二十里外的山村和千里之外的城市之间，在油菜花的田野和《资本论》以及飞机场之间给诗歌带来的则是伦理化的写作趋向。但是必须提醒诗人尤其是像谢小青这样的年轻诗人们注意的是，当一个时代的美学和社会学重新成为问题以至出现极其密切甚至紧张关系的时候，一定要清醒并随时都要记得是在用诗歌说话，而不是新闻、小报、大字报、上访信、举报信、控告信、忏悔书。当然诗歌可以体现这些功能，但必须是诗歌的方式。对此，谢小青有着自己清醒的思考，"我也写了大量的生活题材诗歌，也写过打工题材的诗歌，但我不是为写生活写生活，不是为打工写打工，不是为贫穷写贫穷，不是为同情写同情，不是为批判写批判，我们活在这个世界上，不论贵贱，生命是平等的，诗人应具有普世价值观。我写了富士康，写了年轻的农二代对大工业时代的不适应，写了分居两地的女工的性寂寞，写了维修工拥有'三妻四妾'的特殊环境，我也写了下煤窑的哥哥，但我只是写人，写人性，写终极关怀"（《我会沉睡，诗歌醒着》，谢小青）。

　　谢小青的诗就是从故乡和铎山镇出发的诗，她不得不时时折返和寻找，而这个过程必然是疼痛甚至是虚妄无果的。在《父亲去铎山镇》《〈资本论〉后传》等诗歌中我们看到一个女孩愁云密布的面庞和愈益沉重的内心。我曾经强调过一个诗人和写作者企图回到过去或超越当下都是不可能的，正因如此我们也才会不断强调所谓的有难度的写作。由故乡的"地方性知识"所牵涉出来的必然是在空间和时间的交叉点上对生命、存在、命运、现实和时代的直接应答。《天堂的路费》中也出现了当下诗歌中频频现身的"小煤窑"和挖煤工人。对于写作者而言考量这样的诗歌成功与否的最好方法就是比较阅读，比照下同类诗歌之间的类同或差异——没有差异就称不上什么好诗。在写乡村的同类型的文本中，《夏天的收割》和《云彩也可以触摸》的诗歌品质显然抵不上《好好爱你，故乡》。前两者更多近于线性的白描，这样的文本并不能让人再次认识真正意义上的乡村。庄稼、土地、汗水、河水、动物都已经在中国现代化转型过程中的乡村发生了近乎翻天覆地的变化。如果在当下的叙事中既展现了历史性的关联又深入展现当下的内核既是艰难的又是必要的，这就要求诗人不仅要具备面向自我和现实的能力，而且更应该具有面向语言和个人化历史想象力的准备。而《好好爱你，故乡》这首诗则不仅每个细部都能够在象征性的场域中揭示乡村的真实，而且在频繁密集的近乎剥洋葱的过程中将一种切实的命运感凸显出来。她在一个个词语背后密布了针尖、荆棘和芒刺——"故乡，我想把这两个字拆开 / 该毁掉的就毁掉，该搬迁的就搬迁 / 重新建设我的小葱拌豆腐的审美 / 我捕风捉影的思念"（《好好爱你，故乡》，谢小青）。

如果一个年轻的写作者，她的诗歌具有了某种"发现性"，那么她的写作潜质和能力是可以预期的。几年前在一个刊物上读到谢小青的时候，我感受和印象最深的就是《亲眼所见》这首诗，"那天，我跟几个小伙伴在乡间小路上玩耍 / 突然看见一个熟悉的邻居 / 画面一样朝我们移过来 / 有点蹊跷，我们叫了他一声，他也没应 / 竟大摇大摆从我们中间飘过 / 这绝非杜撰，多年以后我都不明白 / 当我们回到家时 / 听到鞭炮响起 / 他死了！刚刚我们还在路上与他相遇 / 他真的死了吗？我们对死亡充满了怀疑"。这是一首真正意义上具有还原和发现性的诗。乡村的很多东西都变了，甚至是烟消云散般的变化；但是有些东西似乎一直在若隐若现地延续和现身。比如乡村的鬼神文化、死亡故事、不可解的甚至神乎其神的神秘现象。《亲眼所见》在很多没有乡土体验的阅读者那里肯定会认为这是写作者在故弄玄虚、装神弄鬼，但是真正有过乡村生活的人对谢小青描述的这种一个人的魂魄在刚死时现身的故事并不陌生。在我的老家，几十年中我听到的类似的故事太多了，有的就发生在身边的人身上。这种带有历史性、民间性的乡村对于当下普遍流行的伦理化的社会学癖好的"新乡土叙事"而言是一个很好的拨正。值得注意的是谢小青的诗歌中有些语句和意象有时显得生硬，比如"童心抛锚"、"爱情又成为两条平行线"、"父亲是天，母亲是地"、"不属于你的文字迟早会逃走"、"洗去红尘与汗水"、"山河破碎，铁蹄铿锵"、"回忆被杂草掩盖"等。对于谢小青，诗歌的路还长，尤其是对于诗歌的"青春期"而言，成长必然伴随着缺陷甚至困惑。谢小青的有些诗抒情方式比较直接，肯定和直陈性的语句也比较普遍，比如"从前生跳到后世，从后世跳到前生／也跳不出苦菜花的命"。实际上这些诗歌问题随着写作经验的逐渐成熟会自然避免的。诗歌本质上还是语言问题，因为语言所携带和呈现的已然是诗歌的全部。

在全面城市化和城镇化的时代，我们生活在大大小小的雾霾笼罩的城市、城镇和城乡结合部，写作者实实在在地经受到了不小的精神激荡与写作困窘状态。在逐渐高耸而同一化的城市建筑背后是曾经诗意的、缓慢的、困顿的乡土。在推土机的隆隆声中以及经济利益铁臂的驱动中曾经温暖熟悉的故乡、家园都破碎成了旧梦。在城市化和城镇化的现实面前写作不能不与之发生对话甚至摩擦、龃龉和碰撞。"诗人的天职是还乡"曾经让中国的作家在语言中一次次重建精神的栖居之地。然而对于突然出现的城市和城镇化景观，很多写作者仿佛像被空投一样从乡村抛掷到城市的陌生空间。这个时代的写作者是否与城市之间建立起了共识度和认同感？1936年卓别林《摩登时代》正在21世纪的社会主义中国上演——人与机器的博弈，乡土与城市的摩擦。命定的"离乡"和无法再次回到的"故乡"成为双向拉扯的力量。当城市化和城镇化时代全面铺展开来的时候，我们是否还能保持一个写作者的良知和纯粹的美学立场？无论如何我们应该相信写作者无论是面对城市还是更为庞大的时代都能够发出最为真实的声音。米沃什曾有两部作品分别叫作《从我的街道出发》《从我所在的地方出发》，当年顾城关于北京有一组极其诡异和分裂的诗《鬼进城》，这都是极其准确的城市化时代的写作预言。与强硬城市相对的是虚弱"乡土"的命运。谢小青的一部分诗歌也转向了所生活和学习中的城市空间。

乡村生活尽管贫穷、悲苦，但仍然是带有温暖的体温和记忆的。尽管其中有些诗也有紧张和分裂的成分，但更多是舒缓的、内敛的。而当谢小青面向城市的时候迎面而来的就是空前的紧张感。《慌张》《天桥》比较代表性地呈现了诗人城市生活的心理状态——"站在天桥上 / 我怀疑是一阵春风 / 吹来了这么多的甲壳虫 / 让我眼花缭乱 / 在金属的外壳里 / 跳动着弱小的心脏 / 一抬头 / 天空就把我们看作了陷阱 // 桥下如同湍急的河流 / 不停地流呀,流呀 / 流到哪里,那里就是前途 / 远方有多远 / 连翅膀也不知道 / 我不由一声叹息 / 是我们在不停地赶路 / 还是道路把我们背在身上"(《站在北京西二环过街天桥上》,谢小青)。对于所有有过乡村生活经验的人而言,乡村和城市永远是拉扯神经的两极状态。无论你偏向于哪一极,必然会产生痛苦。由此,诗人也必须在这些为我们所熟悉或陌生、麻木、紧张的城市生活中完成类似于剥洋葱的工作。在她剥开我们自以为烂熟的城市的表层和虚饰的时候,她最终袒露给我们的是一个时代的痛,陌生的痛,异样的痛,麻木的痛,不知所措的痛。写作者必须要领受一个时代的伤口或者一个时代不容辩白的剥夺。这样的诗处理现实并不难,但难的是具有"现实感"。而对于时下愈加流行"打工诗歌"和"城市"写作让我抱有某种警惕。这不仅来自于大量复制的毫无生命感以及个人化的历史想象力的缺失,而且还在于这种看起来"真实"和"疼痛"的诗歌类型恰恰是缺乏真实体验、语言良知以及想象力提升的。这种类型的诗歌文本不仅缺乏难度,而且缺乏"诚意"。在这些诗歌的阅读中我越来越感觉到这些诗歌所处理的无论是个人经验还是"中国故事"都不是当下的。更多的诗人仍在自以为是又一厢情愿地凭借想象和伦理预设在写作。这些诗歌看起来无比真实但却充当了一个个粗鄙甚至蛮横的仿真器具。它们不仅达不到时下新闻和各种新媒体"直播"所造成的社会影响，而且就诗人能力、想象方式和修辞技艺而言它们也大多为庸常之作。我这样的说法最终只是想提醒当下的诗人们注意——越是流行的，越是有难度的。

3

我一直听到这样一个说法或者论调，尤其是在女性那里，指认诗歌和写作是不分什么男诗人和女诗人的。这句话在特殊的时期和特殊的场合以及女性自身的心理差异上而言当然有其合理性和必要性，但是在另外一个层面上而言，诗歌不能不与性别有关。这样说的意思就是，对于谢小青这样的女诗人而言，她的一部分诗歌显然是只有女性的敏感才具有的。换言之一种特殊的女性言说的视角不仅直接回来了个体的身体感受，而且还原出真实性的生命本质。值得注意的是女性写作一直有着自我戏剧化的趋向，日常生活与白日梦重叠，真实与虚幻彼此相生。这些既有寓言性又有细节感的写作方式对于显现女性特殊的情感和知性空间显然具有一定的重要意义。

当谢小青以女性的眼光来审视和面对城市生活的时候，这样的诗同样需要勇气。《人流卡》这首诗尽管前半部分的抒写还有些随意，但是结尾处给人心和男人们以当头一击。尤其重要的是结尾的方式恰恰是只有女性才具备的，"那些藏在子宫的孩子，不是今天的孩子 / 昨天的童话已胎死腹中 / 那晚我流了好多血 / 在梦里"。梦，流血，正是女性最具普遍性的一种记忆和写作方式。在此意义上，女性的身体感知和记忆会比男性更细腻，也更持久。比如《美味》一诗就很具有代表性，"我梦到自己裸体坐在一群人中间吃饭 / 一桌美味，我不停地动筷子 / 却发现一些人侧过头来看我 / 一些人偷偷瞟我，一些人窃窃私语 / 有人偷偷摸了我一把 / 又有人偷偷摸了我一把 / 我生气了 / 你们大名鼎鼎，你们道貌岸然 / 可我还是个孩子"。这种"梦境"看起来虚幻却比真实还真实，所以诗人一定要注意诗歌的"真实"并不一定直接来自于对社会现实的呼应和伦理化的歌哭。谢小青既有对家族和乡土背景的深情和不甘的追挽，也时时在处理个人经验、内心想象和现实境遇时有戏谑、不解、诘问。我曾在一篇文章中简略论述了1989年以来20年间女性写作与家族谱系的关系。而谢小青关于母亲的诗则一定程度上还原了血缘和乡村双重意义上女性的日常性命运，比如《姿势不同》一诗。而《乱坟岗的女人》则是在普世性意义上对那些生前悲苦、死后荒凉的乡村无名女性们的再一次命名。在我老家的集体坟场上，老一点的坟墓上所有女性都是没有名字的，一律用霍高氏（我的祖母）、周郝氏（我的外祖母）代替。如今这几年，埋在这里的女人都有了自己的名字。这似乎多少也是一种女性和乡村在新时代的进步，尤其是《儿时，我看见父母做爱》这样的诗是需要勇气和胆量的。这种极难处理和把握的诗歌类型在汉语诗歌谱系中少之又少，"儿时，我睡在父母的鼾声里 / 鬼就离我很远 / 六岁时，我发现黑暗在摇晃 / 床铺在咀嚼青草 / 月光雕刻着两个重叠的身影 / 我听到耕耘的牛在喘息 / 犁铧卷起浪花 / 我吓坏了，童心抛锚 / 只是我还不明白，男人如何 / 把坚硬的部分藏进女人的身体"。这也是特殊的关于个体身体和精神成长的乡村教育。需要明确的是，身体是在存在的意义上来讲的。现在很多诗人将身体和肉体混为一谈。《第一次进入女澡堂》不仅将乡村和城市空间直接并置在一起，而且将身体学意义上的乡村女性与城市女性以及不同年龄段的女性重叠在一起。这些身体实际上就是不同的精神状态和生命状态的交织甚至直接碰撞，"在澡堂，我看到了自己的生命过程 / 对未来反倒少了一些恐惧 / 昨天已经过去，明天孤独夕阳 / 今天病树前头万木春，乳房膨胀"。这是关于女性的诗，而这样的诗如果只是发生在相对封闭空间的乡村是不可能的，而对于那些直接生活在城市的女性来说也不会产生这样的诗。这是类似于"中间地带"的文本，诗人在中间的那个尴尬的位置上却能够更为清晰地对两个地带进行观看、审视和追问。沿着"身体"的路线，谢小青的很多诗就看得比较清楚了，比如《锁骨》《我们把阳光铺在床上》《让我也打一次铁》。尤其是对于年轻的女性而言，身体感知和爱情幻想必然体现在诗歌创作中。在此意义上，诗歌写作更近于一种特殊方式的日记和精神档案。《我们把阳光铺在床上》并没有像其他女性那样直接处理身体的官能和内心的幻想，而是再一次将乡野的身体记忆重现出来，"真好，我们一遍遍抚摩阳光／学鸟鸣，在枝头云端／学农人干活，发出粗重的呼吸／你要我叫你父亲，我要你叫我母亲／依然是父亲与母亲睡在一起"。在《锁骨》这首诗中我一直对其中的一句不太接受，至于不能接受的原因还不是在于其中涉及到的身体部位，而是在于这句话无论是从必要性还是准确性上都带有疑问。这句话是"这个夜晚，在我温柔的肚脐眼里沦陷"。谢小青的《让我也打一次铁》让我直接想到的是李轻松的一首诗《让我们再打回铁吧》。这两首诗甚至在题目上就有直接的"血缘"关系。我在李轻松在首都师范大学驻校期间所做的长篇访谈录的题目就叫《爱上打铁这门手艺》。如果两首诗比较阅读的话，两首诗的关联性、差异和品质就会自然呈现了。李轻松的这首诗是滚烫的、灼热的、燃烧的、饥渴的。正如西方一个女性主义诗人所说的体温高烧103℃，"我始终不知道，铁是件好东西／铁是我血液里的某种物质／它构成了我的圆与缺，我内部的潮汐／／许多年来，我一直缺铁／我太软，太弱／是什么腐蚀了我的牙齿，使我贫血／到处都布满了铁锈／直到我闻见了血，或闻见了海／／整整一天，我们一直在打铁／我摸着我的胸口像滚烫的炉火／而我的手比炉膛更热／一股潜伏的铁水一直醒着／等待着奔流，或一个伤口 / 它流到哪儿，哪儿就变硬 结痂 // 亲爱的，不要停下，/ 我从来不怕疼，从来不怕 / 在命运的铁砧上被痛击 / 或被粉碎，只是我需要足够的硬度 / 来锻造我生命中坚硬的部分 // 在所有的女人里，我的含铁量最高 / 我需要被提出来，像从灰里提出火 / 从哑语中提出声音 / 从累累的白骨里提出芬芳 / 连死亡都充满尊严 // 深深地呼吸吧！在这个夏天里 / 连汗水都与铁水融为一体 / 从此我们将是两个不再生锈的人"。谢小青的诗则是智性的、冷却的、反思的，"装模作样，我也抡起了大锤 / 我对这个世界没轻没重 / 即使敲打不到位 / 我的声音也很铁 / 铁花是怎么开的 / 我不空想，也不跑题 / 好好地打一会儿铁 / 像锻工师傅那样 / 对一件事或对一个人铁心 // 一个女诗人说 / '老公，让我们整整一天打铁 / 使劲，使劲' / 我的脸就红了 / 难道，这就是贪婪 / 在灼热的氛围里 / 女人的骨头就容易变形 / 我出汗了 / 把敲打过的记忆扔到角落 / 就迅速冷却"。

　　对于女性诗歌而言，互文性阅读是非常有效的一个方法。这大体涉及女性经验、阅读和想象中历史沿留下来的精神趋同化的一面。谢小青应该受到了对女性诗人阅读的一些影响，当然转换和提升才能使得诗歌带有差异性和个性。读到谢小青的《草民》的时候我想到的是当年李小洛的一首代表作《省下我》。只是二者之间的互文性更多呈现为两个不同的精神方向和言说方式。李小洛采用的是"以退为进"的方式，说出的是"省下我吃的蔬菜、粮食和水果／省下我用的书本、稿纸和笔墨／省下我穿的丝绸，我用的口红、香水／省下我拨打的电话，佩戴的首饰／省下我坐的车辆，让道路宽畅／省下我住的房子，收留父亲／省下我的恋爱，节省玫瑰和戒指／省下我的泪水，去浇灌麦子和菊梅／／省下我对这个世界无休无止的愿望和要求吧／省下我对这个世界一切的罪罚和折磨／然后，请把我拿走／拿走一个多余的人，一个／这样多余地活着／多余的用着姓名的人"。谢小青则是直接的前进式的，"我怎么能省下蔬菜、粮食和水果／省下书本和笔墨／像张白纸，或者贫血／矫情，那是诗人／我不会浪费一粒米／也不会挥霍穷人的梦／穷人不会数星星，只与风雨调情／路边的野花，不羡慕花瓶／／我那么矮小，远离天上盛大的浮云／我声音微弱，要用心才能听到／树大招风，当高昂的抒情被连根拔起／我只是弯了弯腰"。当一个女性在诗歌中喊出"谁躺在我的身边，谁就是我的祖国"时我们也只能相信：爱情的幻想是一个女性尤其是女诗人所挣脱不开的，有时是美梦，有时也成了梦魇。这实际上就是一种情感的乌托邦，它不关乎道德，只关于爱或者不爱——"当我放下纠结的世界／他就抱住我，不着一词／梦里我们裸体躺在草地上／被阳光抚摩／没有羞耻，也没有被人围观／梦里放着一个默片"。

　　谢小青的《杉木》一诗让我想到的是路也当年写的诗《木梳》。在诗歌的心理层面，二者具有相近性，即都是对精神世界的重建。只不过在路也那里重建的重心是古典小令和田园牧歌式的理想爱情，"我们在雕花木窗下 / 吃莼菜鲈鱼，喝碧螺春与糯米酒 / 写出使洛阳纸贵的诗 / 在棋盘上谈论人生 / 用一把轻摇的丝绸扇子送走恩怨情仇 / 我常常想就这样回到古代，进入水墨山水 / 过一种名叫沁园春或如梦令的幸福生活"。而在谢小青这里，重心则倾斜到了城市化时代的乡村命运和个体命运。当路也在对江南和江心洲的诗意氛围中说出"我是你云鬟轻挽的娘子，你是我那断了仕途的官人"的时候，谢小青则是在相反的方向上发声，"我不叫你官人，那是男权 / 你不叫我娘子，那是三从四德跪着的胭脂 / 我们像杉木一样挺直腰杆生活 / 用炊烟伸进天堂 / 夜里，我们喝自酿的甜酒，月亮就开始发烫 / 我们在杉木板床上颠鸾倒凤"。

　　谢小青的诗歌中曾反复出现了翅膀的意象，那么什么是她的翅膀呢？梦、身体、爱情，还是城市化时代千里之外的故乡？我想到了诗人的一句话——"我会沉睡，诗歌醒着"。

兼具泥土与智慧的日常叙事

——谢小青诗歌论

欧阳友权①

作为诗歌新生代的代表，谢小青在诗坛崭露头角十分抢眼，其作品多次发表于《诗刊》《星星》《中国诗刊》等颇具影响力的刊物，并获得2010年度张坚诗歌奖、《西北军事文学》2011年度诗人奖、《中国诗歌》2011年十大网络诗人、复旦大学2012年光华诗歌奖等荣誉，成为青年诗群中耀眼的一颗明星。作为一名新锐诗人，谢小青的诗歌颇具特色，一方面她将日常叙事与理性沉思兼收并蓄，另一方面又用言与意之间饱含的智性和乡情打动读者，在纷繁呈杂的诗坛中极具辨识度。

一、日常生活的诗性叙事

谢小青的诗歌有很强的叙事性和主体意识的客观性，体内流淌着第三代诗歌中的某些共同血液，体现出80后诗人松弛、简

① 欧阳友权，中南大学文学院教授，博士生导师，湖南省网络文学研究基地首席专家，中国文化产业品牌研究中心主任，国家社科基金学科评审组专家，享受国务院政府特殊津贴专家，澳门文化产业研究所所长，湖南省作家协会副主席，中国第四届鲁迅文学奖获得者。

单、即兴、个性的创作风格。然而与先锋诗歌相比，她的诗歌又有着自己鲜明的标记。她不追求解构崇高，而是致力于回归本真，在聚焦日常写作的同时又兼具敏锐的洞察和理性的哲思，为诗歌提供了独特的审美经验。如《傍晚，父亲赶着一头肥猪回家》《鸭子在嘎嘎地叫春》《扯猪草》《一群光屁股的孩子》《人流卡》《溜达》《第一次进入女澡堂》《寝室的女生》等诗作，诗人打破了一贯以意象美学为主的审美风格，扩大了诗歌的表现领域，用简单的三言两语将日常生活中的情节、场景随手拈来，以一个敏锐的观察者的角度剖析生活的侧面，这里面既含有女性天生的敏感与细腻，又夹杂着客观冷静的理性沉思。在日常、具体、细微的体验中，诗人仔细地思考揣摩，把握每一个意象背后富含的深意，最终使得所有冷静的叙事都指向一种社会或人生中的现实本质。她在《父亲去铎山镇》中写道：

他偶尔离开山村

到二十里外的铎山镇

看过往的城市班车

他也想中途上车

看那些打扮妖艳的女子

想把她们种在地里

看打台球

看一个个老故事掉到陷阱里

悄悄倾斜的阳光打在他泥土色的脸上

他在两百米长的小镇上转来转去

从香香理发店到加油站

五分钟路程，却用了他大半辈子

最后他买了一条低档的香烟回家

把阴影藏在肺里

  这首诗描述了父亲去铎山镇的经过：对于整日面朝黄土背朝天的父亲来说，二十里外的铎山镇散发着不可抵挡的魔力，父亲偶尔会忍不住诱惑和冲动跳上班车奔去，在城市的声色犬马中流连忘返。然而新奇过后，父亲发现城市中不止有繁华美丽，还有欺骗陷阱。他一次次地在这条两百米长的路上转来转去，最后选择买了一条廉价的香烟回家。通过这个简单的故事，诗人深刻地诠释了一个普通农村人的悲哀、无奈、隐忍、坚强，对于城市光鲜亮丽的生活他艳羡而又无法获得，在一条五分钟能走完的路上他毫不厌倦地溜达了大半辈子，最后命运和职责让他只能选择回归本位承担苦难，间接性地颂扬了父亲的伟大和坚韧。面对父亲这一角色，诗人没有选择抒情方式来歌颂，而是选择以一个旁观者的角度娓娓道来，内敛的抒情贴切地溶解于客观物象当中，带来了别样的审美趣味。

对于主流诗坛来说，宏大的抒情、抽象的表达早已司空见惯，然而这些表达方式对于不常接触诗歌的普通大众来说未免有些许煽情做作或者晦涩难懂。随着市场经济的冲击和互联网时代的到来，曾经的阳春白雪早已不适合读惯了快餐文化的读者。谢小青敏锐地意识到了主流诗歌的这一弊端，她拾起日常生活中鲜活的点滴，安静地讲述着自己的见闻感悟，因此她写出来的诗歌有血有肉，富有生活质感。从谢小青的众多诗作来看，大部分诗题是诗歌内容叙述的简洁概括，比如《安静如母鸡在孵小鸡》《当母亲再次梳起我的长发》《上坟》《鸭子在嘎嘎地叫春》《谢英雄走了》《亲眼所见，鬼魂从我们中间飘过》《站在过街天桥上》《第一次进入女澡堂》等一系列诗作，单看诗题就能明白诗人叙述的是某一个事件或片段。诗人在日常性、细节性、在场性中寻觅到了诗歌创作的出路，正是这种质朴、琐碎、鲜活才赢得了普通大众的喜爱。

二、言意智慧的本色表达

谢小青既是生活上的有心人，又是人生中的思考者。她试图在人们遗漏和忽略的琐碎中嗅出味道，写出智慧。在《一千朵油菜花只是一朵》中，诗人运用奇妙的联想将原始的冲动和生命的本色发挥得淋漓尽致：

一千朵油菜花开了

贫瘠的爱情也让人震撼

春天，我有什么理由要将真埋隐藏

有时候我一个人跑到铺天盖地的油菜花里

我可以笑得金光灿烂

我可以露出狐狸的尾巴

一千朵油菜花只是一朵

一千种人生只是一种本色

　　诗人将平日不敢言说的爱情和压抑已久的心境在铺天盖地的
油菜花里尽情地释放，殊不知这释放的不仅是爱情，还有快乐、
青春、个性、生命……"一千朵油菜花只是一朵"，多么富有新
意的表达，正当人们为这一新奇的表达陷入思索时诗人紧随一句
社会人生的智性揭示"一千种人生只有一种本色"，将之前铺垫
的磅礴情感在瞬间压缩后爆发出了生命最原始的色彩。虚实之间
的顿悟，恰到好处的点化，巧妙的隐显无疑体现出诗人出色的语
言天赋和灵感捕捉力。

　　在谢小青的众多诗作中不乏睿智诗句，闪烁着哲理与反思的

光芒。"山村的女人，花了两千年光阴/仍未变成蝴蝶，被男人的影子淹没"（《乱坟岗的女人》），道出了封建意识浓厚的小山村里女性地位的卑微；"猪脱离了牢笼，东张西望/自由，莫非就是走在投胎的路上"（《傍晚，父亲赶着一头肥猪回家》），由猪的命运联想到人的命运，讽刺了当代社会中自由的缺失；"是我们在不停地赶路/还是道路把我们背在身上"（《站在北京西二环过街天桥上》），在直觉与顿悟中反映出人们充满压力又无法抉择的生活状态。谢小青智性表达的背后，呈现给读者们的是一种尚真、尚理、尚善的健康积极的写作准则。对于社会人生百态，她有着自己的思考和判断。与众多80后诗人不同，谢小青明白一个诗歌创作者肩上所赋予的职责和使命。她没有选择以游戏态度和快乐原则来对待诗歌，她的理性反思绝不是虚无的反叛和虚伪的先锋。追溯谢小青诗品之独特，或许与她的生活背景、学习环境息息相关。从小生长在农村的谢小青对苦难、贫穷、封建有着深刻的理解，繁华的城市气息和小资情调与她的风格不相融洽，求学途中法学专业的学习培养了她客观、冷静、理智的思辨意识和公正、求真、务实的态度立场。因此，她在审视、见证、批判中显露出与同龄人不一样的智性哲思。谢小青面对生活中的阴暗面仗义执言的品质和机智巧妙的表达为80后诗人树立了良好的形象和声誉。

　　此外，谢小青的诗歌语言富含灵气，具有创意，对诗歌界中普遍僵化的修辞现象进行了有力的反驳。她创造性地将比喻、比拟、象征、借代等修辞手法灵活运用，赋予诗语以灵魂，在日常介入与智性渗透中别有一番新意。例如下面一些诗句：

我家院子里的桃树/最先红脸/多看几眼就心跳（《大坪村的春天》）

您笑的时候，阳光就有了皱纹（《父亲》）

秧插下去，回忆就会返青（《答案还在风中飘》）

一个胖小丫在拣散落人间的金子/扑通一声被水坑偷偷亲了一口（《农忙》）

一对戏水的鸳鸯/让一池春水骤然老去，满面皱纹（《丹青见》）

它们读起来非常有意趣，诗人将语言的生动性、蕴藉性与形象性融为一体，透明的语境、新鲜的表达给简明的诗语插上了一双灵动的翅膀，带领我们在诗歌的国度里自由飞翔。诗人在追求炼字、炼句的同时，还注重炼意。如《又一次独白，火》最后写道：

梦呓的诗人

敢不敢把自己的诗集

也统统喂火

如果你的诗歌也能四蹄腾空

"梦呓的诗人"表明了诗人对诗歌的痴迷程度，把诗集"统统喂火"的举动意味着一种无畏的牺牲或者是梦想的燃烧，这个举动需要诗人具备十足的勇气和自信，因为在诗歌的道路上有可能一夜成名也有可能散作尘埃。诗歌"四蹄腾空"代表着诗歌具有的空灵、跃动和创意。诗人"能被童年的一根火柴唤醒"暗示诗人兼具纯真、勇敢、快乐、温暖的特质。诗人简单的几个修辞就达到了点铁成金的地步，短短几行诗将一个诗人所需要具备的品质和他诗歌所具备的特质形象地展现出来。简洁的语言，灵动的表达同样展现了诗歌语言处理上的智慧。

三、泥土乡情的故园情怀

对于出门在外的游子，乡情是一根剪不断、理不乱的脐带，故乡始终是心头魂牵梦绕的地方。谢小青在饱含泥土的乡情中坚定地走出了诗歌未来的方向。她出生于娄底农村，骨子里有着浓厚的乡土情怀。在写故乡的人中，诗人笔墨最多的就是自己的亲人，因为他们不仅与诗人的关系最亲密，而且代表了广大农民百姓中最普通的一员。对于故乡的亲人，诗人有着深厚的苦难意识和悲悯情怀。例如《傍晚，父亲赶着一头肥猪回家》中，诗人同情的不仅是被父亲抽赶的肥猪，更痛心的是被无情的现实社会鞭打的父亲。对于母亲这一形象，诗人始终流露出脉脉温情。《答案还在风中飘》中诗人说"母亲忙里忙外，像闹钟一样没有停过／一停，家就要瘫痪"，这个生动贴切的比喻将默默付出、勤劳朴实的母亲形象深深印刻在读者脑海中，化为万千农村母亲中的一个缩影。在《上坟》一诗中，诗人写到了自己的奶奶，"这个儿时帮我剔鱼骨的老人，在人群中我常常与她相遇"，一方面表现出诗人对奶奶的思念之深，另一方面暗示了在天底下有许许多多像奶奶一样的人，诗人在坟前静静地烧纸钱，她为奶奶下跪的同时也是为天下卑微善良的人下跪，体现出诗人心系苍生的悲悯情怀。此外，诗人对于农村人民的苦难命运也有揭示。在谢小青乡村题材的诗作中涌现出张铁匠、谢春花、谢英雄、谢大贵等一系列典型的底层人物，诗人用冷静而稍带反讽意味的口吻诉说他们的凄苦结局，表达了对底层人物深切的人文关怀。

谢小青是一位立足乡土的原生态诗人，她选取农村日常生活中常见的物象，回归原始和本真。泥土、油菜花、猪食、红薯藤、干柴、农具等早已扎根于小青的诗作中，创造出不同的美感经验。诗人在《大坪村的春天》中写道：

大坪村的春天
云幕低垂，一伸手

就可以拉开阳光的戏剧

我家院子里的桃树

最先红脸

多看几眼就心跳

不懂朦胧的油菜花

来得最早的白蝴蝶

玩耍的孩子被南风吹跑

变成泥土的颜色

走在松软的田埂上

让人柔肠百结

一处处水洼

乌黑的蝌蚪在摇头摆尾

布谷鸟在叫"布——谷"

这声音落到大坪村就有人怀孕

干瘦的父亲扛着犁铧下田

吆喝水牛的声音荡气回肠

弯腰的母亲抱回一把红薯藤

一大锅猪食张扬着春天的味道

红衣花袄的女孩

见到生人依然腼腆

我伸了个懒腰

地下埋着的骨头还在沉睡

　　这首诗风格清新，意趣盎然。诗人集视觉、听觉、触觉、嗅觉于一体，红脸的桃、明黄的油菜花、飞舞的白蝴蝶、翠绿的红薯藤、红衣花袄的女孩、玩耍的孩子、干瘦的父亲、弯腰的母亲、温暖的南风、松软的田埂、老旧的犁铧、摇头摆尾的蝌蚪、清脆的布谷声、吆喝水牛声、热腾腾的大锅猪食……诗人通过蒙太奇的手法营造出大坪村温暖、幸福、祥和的氛围，动态地、跳跃性地展现了一幅美丽醉人的乡村风景图。在兼顾农村日常事物的诗意驻留的同时，谢小青的诗歌所绽放出来的成熟与理性也远超其他80后的诗歌。她深刻地意识到农村中某些阴暗和丑陋的一面，并勇敢地进行了批判和讽刺，使诗歌呈现出一种尖锐向上的气势。在《好好爱你，故乡》中，诗人采取了一种潜在的交流形式，"给你棒棒糖"、"给你乳罩"、"给你西装"、"给你骨灰盒"、"给你鸟儿的路"一连五个"给你"体现出封建的乡村迫切需要敞开大门接受新时代的理念，"该毁掉的就毁掉，该搬迁的就搬迁"，这一声有力的呐喊道出了诗人毁掉旧制度的决心与建设新农村的信心。诗人将亲和的表达与智性的沉思完美地掌控，自然与灵魂完美结合，为乡土诗歌增添了别样风采。

短短几年，谢小青发表了百余首优秀诗作。从《美味》到《写给母亲》再到《起风了》等诗作我们可以看出，这个锋芒毕露、青春张扬的孩子正在逐渐沉淀。短短三年多的时间，我们见证了谢小青成长的迅速。她的诗歌不为情造文，形成了稳定的诗风。她不止步于乡土诗歌的领域，力求多元复杂的转型，在生态诗歌和女性诗歌方面都获得了较大的发展，在两性、女权等敏感题材上处理得巧妙出色。日常化的叙事写作、客观理性的智慧表达、细腻真挚的乡土情怀是谢小青诗作的三大特色。诚然，谢小青在叙事化写作中偶有个别诗作陷入日常琐屑中不能自拔，在智性表达中某些意义追寻稍有拔高之嫌。一位优秀的诗人需要通过时间和汗水去不断磨砺和积淀。我们期待，谢小青在诗坛的风雨沉浮中勤勉不息、坚守挺进。

一代人的爱与怕

周瑟瑟[1]

　　谢小青是一个年轻的诗人，年轻得像一朵白云，静静飘在湖南的天空。近些年她的写作步步踏实，时常能看到她的进步。对于湖南诗歌我格外关注，而谢小青作为湖南年轻一代诗人的代表之一，给我们带来了新鲜的写作感受。她的诗是那样的自然、真诚与热烈，相对于不自然、不真诚、不热烈的诗歌来说，她的写作值得我们推荐与阅读。今晚，"明天诗歌现场"我们来读她的诗。

　　"明天诗歌现场"发源于长沙，在我眼里长沙是一座诗城，这里是有"明天诗歌现场"，但湖南诗人一直没有上场，今天我们终于等来了湖南第一位诗人谢小青。为什么选择她？是因为她的诗确实写得好，值得为她开一场专场讨论会。

　　她发来的这10首诗，我读后，觉得她写的是"一代人的爱与怕"。对于她的写作，我们并不陌生，这10首自选诗基本能反映她的写作历史。

　　"一代人的爱与怕"，出自学人刘小枫先生，不过刘先生谈的

―――――――――――――

① 周瑟瑟，小说家，诗人，文化评论人。曾任多家媒体主编。现为电视制作人，纪录片导演。

是"我们",而今天我谈的是"他们",谢小青是20世纪80年代末出生的诗人,她是中南大学毕业的法律硕士,现正入行这个复杂的社会。刘小枫属于我们那个年代即谢小青出生的那个年代,"我们那一代人的爱与怕",包括刘先生的《诗化哲学》《拯救与逍遥》《走向十字架上的真》《现代性社会理论绪论》《沉重的肉身》等哲学随笔曾经让我们那一代人获得了人文思想的启蒙,如今在我们的下一代——谢小青他们这一代人身上又发生了奇迹般的轮回。我并不完全了解谢小青他们这一代人的爱与怕,但她的写作写出了"一代人的爱与怕"。

虽然时代发生了剧变,人文思潮的启蒙并没有结束,相反更加的沉重与迷茫。

谢小青的诗对于自我的启蒙与教育恰到好处,她抓到自我问题的核心,她的诗是解剖式的诗,对自我的解剖深刻、准确,并且有一股子的狠劲,这样的狠劲在她写作时成功转化为一种女性主义的诗歌精神。虽然前面一代女诗人有这样的"狠劲",比如翟永明、伊蕾、唐亚平,但这种解剖性的诗歌写作一度中断,并且被男性话语带到了社会化的写作中,写作没有性别,但写作的性别潜意识正是一个人自然的呈现,没有什么不可以的。

最早让人记住的应该是她那首《儿时,我看见父母做爱》,对于她来说这首诗标志着一个人打开了自我的世界,一个出生于80年代末的诗人向成人的世界投来怀疑、质问与打探的目光,但她的写作又是与世界的和解，印证了我对她的诗的理解："自然、真诚与热烈。"一切都是理所当然，合情合理，既没有过分张扬社会化的性的话题，又没有消费性的诗意，谢小青的写作是对于上一代人或这一代人爱的秘密的写作，抛开大胆与羞怯、传统与封建、伦理与先锋这些命题不做深入分析，我看见的是一个人写作的"自然、真诚与热烈"。

写作作为人类自身解决问题的途径而存在，谢小青的诗正是她解决自我问题从而进入他人社会的开始。所以我觉得她是一个真诚的诗人，这两年我回长沙时与她在会议或聚会中见过三次，交谈也不多，但通过她的作品与这个安静的孩子，我看到了"一代人的爱与怕"。

"一代人的爱与怕"在这里我是作为一个诗歌命题，通过谢小青的诗而提出，希望得到诗人朋友们的讨论。

谢小青这10首诗中有3首是写父母的：《父亲去铎山镇》《儿时，我看见父母做爱》《傍晚，父亲赶着一头肥猪回家》，都是高质量的好诗。一个好诗人的敏感、独特，以及她所带来的"问题意识"，最后都落实在一种个人化的感伤文学中了。

另外的7首：《暮春》《放下也是时光》《那些熟悉或陌生的虫子》《坦白》《让我也打一次铁》《我们把阳光铺在床上》《秘密呀》，写出了他们这"一代人的爱与怕"的"感伤文学"氛围下的经验，虽然有些地方写得轻逸了，如果她能够在一首诗中再做打磨，或深入发掘诗的更多可能，她的一些诗会更有力量。感觉她在某些作品里只用到了七分力，还有三分力没有完全用出来，可惜了。这或许与一个人的性格有关，从外表与谈吐上判断她是一个内敛、安静、闲适的人，所谓"狠劲"并不是她一贯所有的品质。

一个人越过青春期写作的焦虑与紧张之后，就进入了更加广阔的写作了，一般会在题材的多样化、叙述的经典上做深入的探索，这都是个人化的选择，但从谢小青后面的一些作品我好像看出了写作上的松弛，这是属于第三代人"中年写作"的病症，也是近年流行的诗歌审美毛病，甚至变成了一个时代诗歌美学标准，我尚看不出她更集中的"诗与思"的体现，但愿不是她性格的"内敛、安静、闲适"所致，我的感受并没有更多的依据，只是读诗的第一感受罢了。谢小青写作时间还并不长，她的后劲或许还没来得及体现。期待谢小青可以对此做出回答。大家一起讨论吧。

谢小青诗歌印象

草　树①

约是一年前，我在网上读到小青的诗歌，那一批诗歌大多写乡村，空灵，鲜活，又不乏沉重和荒诞，显示出一种难得的当代感与诗人的悲悯情怀。一个年轻诗人的出台，总是倍受关注，网络为之提供了便捷，这是这个时代诗歌现场的一些特征，她也因此迅速受到了国内众多诗人的关注。

小青是湖南人，去年回到了长沙，在某高校读法律专业的研究生。在她所在大学的图书馆前，第一次见到她，感觉她比起照片的青涩，似乎略显老成——尽管她声音轻柔，始终带着微笑。在交谈中，我也看出了她的茫然：对诗歌，对人生。作为80后，他们的生存空间已经被畸形的社会状况所压挤，所以她想从诗歌中得到一种平衡，对现实、对传统文学有一种反思与批判。从她寄给我这一组诗看，诗歌延续了她原有的明快调子，指向却发生了一些变化。她虽然还没有走出校门，真正步入社会，字里行间，已经透出了她对面前这个比校园要庞大得多的社会，有了一

---

① 草树，本名唐举梁，湖南人，毕业于湘潭大学。2012年获第20届柔刚诗歌奖提名奖，2013年获首届国际华文诗歌奖、当代新现实主义诗歌奖。著有《生活素描》《勺子塘》《马王堆的重构》等。

些自己的感受。《自己饮着自己》显然具有某种沉思的气质，有对未来的迷惘，也有对现实的清醒。

诗歌的语言，也保持了轻灵的特点，表达从容自如，张弛有度。《第一次进入女澡堂》或许可以说是年轻的诗人对人生的一次窥看，那里聚集了女人各个年龄段的身体，那些身体特征无疑是一面面镜子，作为诗人，"在澡堂，我看到了自己的一生"；一般来说，一个女孩会顺理成章产生一些恐惧，但是她却这样写道，"对未来反倒少了一些恐惧"，看到了，失去了神秘感，自然也就不再会有恐惧感，这显然是诗人的独特之处。《放下也是时光》在我看来，是某种既成的形式对直觉的呼唤，由于缺乏独特生命体验的支撑，感悟还不是那么让人信服，但是一句"一把干柴升起炊烟"成就了此诗。这是一个巨大的主题，我们自然不能要求一个涉世不深的年轻女孩，凭空就具备了一种对"无"的透彻领悟。《有人敲门》是个人经验的书写，但也是和普遍性的通道接通的，头段是铺垫，写出了裸体状态的心理，而后是诗人向往真实自由的想法。当敲门声响起，诗人从原始自由的心境里猛然惊醒，她看到了男权社会的阴影与恐怖，最后她仍然能够在极短的形制里腾挪而激活全诗：

　　"我反对闪电之后的雷鸣

　　我反对——吓得自己悄悄后退"

这首诗的内质可以和《异响》互文，但后者的表达更自然，"我不是老鼠／为什么我们发出的竟是老鼠的声音"，词语被倾听，事物内在的声音透露出来了。它真正呈现了一种存在，而作为存在者，也有了一个清晰而准确的位置。《在春天》发出了一种清新而又恬静的声音，不单是向往自然，而是向往一种自然自在的生活，不刻意而为，无为而为，实在是一种人生的智慧。然而，即便如此，她还是"看见"了"有鸟惊飞／身边总有埋伏的翅膀"的现实景象，内在的两端，是平衡的，并显出语言不露痕迹的张力。不难看出，作为一个出道不久的女诗人，小青迅速地摆脱了语言的惯性。从这些诗中可以看出，她已经对形容词的诱惑，具备了足够的抵抗力。她的语言是清新、简洁的口语，不故作高深，也不撒娇附雅。在诗歌的内涵上，也表现出她的克制、冷静，对事物有一种理性的审视，同时读者也可以感受到诗人作为一个存在者在切近存在时的一种开放、果决的精神气质。好的诗歌，是要呈现出事物的存在以及与之共生的一个多维的时空，并在语言的节奏中注入诗人的血脉和气息。小青的诗歌，显示了她向那一扇傍晚的门进军的势头，我们不妨把特拉克尔的名诗《冬夜》中那一扇门认定为存在之门，而此诗曾被海德格尔作为探询语言的本质的样本。诗人都是漫游者，或者流亡者，终其一生，都是朝着语言行进，因为"语言是存在之家"。从《裸体》《我还没有》《这些年》等篇幅短小的诗篇，我们可以感受到一个年轻的女诗人，对日常生活稍纵即逝的感受具备了一种敏锐的捕捉能力，而且能够思考、过滤，对一些个人经验内的事物有了分拣和区分的能力。尽管表达还显得有些稚嫩，当然老道就不是小青或是大绿了。

这一组诗里有几首如《虞姬与杨贵妃》《橘子洲头》以及《睡前书》，都表现了诗人试图对历史的虚无、英雄的崇高和某些名诗人的匠气进行消解的意图，这种观念的表达无论具体与否，已经过气，它实际上是诗歌形式或观念革命的一个回声。消解也好，解构也罢，最终需要的仍是重构，消解和解构只是为重构清扫道路的一种手段。诗歌，是诉诸直觉的，脱离了生命的气息，便一切无从附着了。值得警惕的是，一些诗人对传统的消解，经过时间的淘洗，最后只剩下一个姿势，在今天，甚至这个"姿势"也可疑了。而他们自己，进入了另一条疯狂的虚无主义胡同。

作为一个年轻诗人，小青的路才刚刚开始。诗歌写作是一条艰苦而漫长的路，甚至是一种命运，伴随诗人一生。我期待她走得更远，写出更多精彩的作品。

2011年7月15日

一个天生可以写诗的人

——谈谢小青的几首诗

李 浔①

在网上浏览博客，无意中看到了谢小青的诗。名字是陌生的，但她有一些诗，却像钉子一样把我钉在她的博客上了。看完她只有四页的博客，大概二十首诗。从内容上来看，一类是乡村生活的记忆，另一类是她大学生活的随感。

写诗是一个特种行业，没有"诗感"的人是无法胜任的。我更相信写诗是一项天才的事业，有的人可以一出手就达到别人追求了很久才能达到的高度。读谢小青的诗可以明显看出她有良好的"诗感"，有较好的对事物观察、提炼和表达的能力。直觉告诉我，她是一个天生可以写诗的人。还是先来看看她写于2009年年初的处女作《越睡越亮》。

躺在床上，我越睡越亮

身体里有萤火虫乱飞

一些陈芝麻烂谷子又被找到

———————————————

① 李浔，祖籍湖北大冶。1982年开始文学创作。1992年毕业于武汉大学中文系。目前已
　出版了5本诗集和1本中短篇小说集。

睡在上铺的女孩

刚刚为爱情下了一场暴雨

她一个翻身，我就地震

睡在对面的女孩

猫一样弯曲

而我抱着自己裸睡

像一棵芝麻在黑暗独自开花

想到那些打骚扰电话的男生

梦里被谁掏空了口袋

————《越睡越亮》

　　无论是语言、结构，还是所要表达的内容来看，我都认为这是一首成熟的诗，而且是一首优秀的诗。诗中描述了熄灯后的女大学生宿舍，分别讲述了上铺、对面以及我三个女生的"睡姿"，通过这三个"睡姿"形象生动地表达了三个女生对爱对人生的三种态度。这首诗的亮点是，在结构上安排了三个不同的"睡姿"的场景，从而使整首诗在进度上有了起伏。"芝麻"这个意象在这首诗中也是个关键，她一开始就先安排了"陈芝麻烂谷子"的意象，来为她整首诗的叙述给了让人感兴趣的铺垫。最后她写下了"而我抱着自己裸睡／像一棵芝麻在黑暗独自开花"，由于铺垫，看到这样的诗句是会让人回味的。

这首诗在语言上也有一定的功力，干净、简单。当然这种口语化的叙述，如果稍有不慎，就会陷入"说话"的状态。现在我看到许多口语诗，为了直奔主题而忽略了语言，这是对口语诗的曲解。我认为，其实口语诗更要重视语言，尤其是在提炼日常用语上要狠下功夫。而谢小青恰恰是注意到了这个环节。

在读谢小青的诗时，就会发现她有独立性很强的个性，在她的诗中经常会表现出另类的想法，这在她的《悬念》《我们彼此陌生》《我与一个男人躺在草地上》诗中都可以读到她"独立"的一面。

> 我与一个男人躺在草地上
>
> 手与手纠缠，腿搭在腿上
>
> 自由就是与这个世界了无关系
>
> 风吹过来我们就被草叶覆盖
>
> 在泥土里腐烂
>
>
> 我看你一眼，你看我一眼
>
> 什么也没看明白
>
> 爱呀，是我们的肉体
>
> 常常流离失所
>
> 恨啊，是我们的骨头，被假象包装

这首《我与一个男人躺在草地上》和《越睡越亮》相比，有着本质上的区别，如果说《越睡越亮》这首诗是单纯的，那么这首诗却复杂得多了，而且在表现手法上也有较大的变化。诗只有两段，第一段交代了场景之后，就直奔了主题，这个主题是人与人之间"手与手纠缠，腿搭在腿上／自由就是与这个世界了无关系"，然后说到人和自然"风吹过来我们就被草叶覆盖／在泥土里腐烂"，在这样的诗句中，是比较到位地表达了人与人之间、人与自然之间的规律。第二段是她用经验的感受表达了她对"爱"和"恨"的理解，"爱呀，是我们的肉体／常常流离失所／恨啊，是我们的骨头，被假象包装"，应该说这是一首充满个人色彩的反思之作，也是一首在语言上虚实结合、用词到位的优秀作品。

同样，在《悬念》一诗中，她把恋人之间的关系叙述得生动甚至让人联想。

你说天空是蓝的，我说是黑的

你就用浅浅的胡子扎我的脸

绿草勃起，鸟落在我们身边

你说乳房是山峰，我说是芭谷

诗人只是婴儿

离饥饿最近，离赞美很远

你解开我的一粒纽扣

却没有解开女人的秘密

我只能给你缝隙，明天还是悬念

——《悬念》

　　这首诗最可贵之处是它的语言，我前面已经提到过，她除了天生有"诗感"外，干净又含蓄的语言也是她的长处，"你就用浅浅的胡子扎我的脸／绿草勃起，鸟落在我们身边"，面对这样的平静叙述的诗句，是没有理由拒绝的。

　　在看谢小青的诗时，常常会被她的一些诗句打动。譬如，在《我们彼此陌生》中的"我不属于钻石与诺言／是黑暗占有了我的体温"，《在火车上》中的"她们已经开始厌倦家乡的播种／总想跑到很远的地方一夜成精"，《霜降》中的"母亲在熬猪食／用一根长棍子在大锅中搅动／她满脸的皱纹被热气腾腾融化／而我在遥远的北方读书／思念在夜半结霜"等等，在这些诗句中，我看到了她优秀的诗感。

　　是的，谢小青是一个天生可以写诗的人。当然天才也要经过磨炼，才能让人看到他的光质，诗是一项综合艺术，整体的艺术

218

修养，观察、提炼、表达能力、阅读能力，也包括生活经验等等，这些都是一个优秀诗人必须具备的条件。

我说谢小青是一个天生可以写诗的人，这不是一个个例。在网络这个平台上，我们已看到了许多刚刚写作就达到一定水准的优秀作家或诗人，譬如韩寒、李傻傻、肖铁、茱萸、唐不遇、严正、施施然等等。这样的天才越来越多，这也是值得关注的。

也曾被称为天才的张爱玲，她成名后有个著名的理论："出名要趁早呀，来得太晚的话，快乐也不那么痛快。"这是张爱玲的切身体会，我要说的是：趁年轻多写，别浪费了才气。

2010年6月3日

219

青春，在诗意中快乐地成长

——谢小青有关乡村诗歌的表达及审美

刘亚明①

一

如果按照出生年龄段划分诗歌写作群体，谢小青属于80后。

我最初是从谢小青博客中读到她的诗歌的。她的博客上，除了中间"博文"部分之外，还在左侧上方特意设置了"乡村诗歌"栏目，粘贴着《好好爱你，故乡》和《谢春花跳到哪里去了》两首诗歌。

一般说来，一个80年代末出生、正就读大学的学生，没有什么特殊的文学造诣是不可能成为省级作协会员的。看了谢小青博客的自我介绍，果不其然，2009年以来，谢小青的诗歌在《诗刊》《星星》《中国诗歌》《作品》《文学界》《飞天》《滇池》《芙蓉》《西北军事文学》《绿风》等发表，并且入选《诗选刊》2009年诗歌大展专号80年代头条，入选《星星》2010年大学生夏令营诗会，获得2010年度张坚诗歌奖，诗刊新中国成立60周年全

---

① 刘亚明，诗人，著有文集《仰望的思绪》《淡去的岁月》等。

220

国诗歌大奖赛优秀奖。这样的骄人成绩和各种诗歌媒介的高度关注，让我们感到，谢小青的诗歌正越来越被人们认可。也许，对于谢小青个人而言，其诗歌的成功写作有其必然结果。这种必然结果的背后，透露着谢小青心智的成熟、对事物恰如其分的揣摩与领悟，以及诗歌写作方面的灵性。

还在读书的女孩，本身就有天真烂漫与活泼的一面，也有细腻品味生活、对美的不懈追求和向往的一面。这里，我们如果说有别于其他女孩的生活境遇，使得谢小青有了独特的生活经历，倒不如说善于思考的谢小青一直在追寻思想的低语和乡情的清新表达。在成长过程中，家乡的一切，让谢小青有了些许的人生感悟和诗歌写作的方向。谢小青在诗歌写作上表现出了极为超人的天赋，且保持一种不留刻痕的温润。那平缓的叙述、口语式的写作，往往都在不经意之中铺垫出某些做人做事的道理。我发现，很多深入生活、从小处着眼的诗句，质朴而又直观地切入一个个场景："给你棒棒糖，甜一点点/小孩子的嘴边少沾点泥巴/不只是放放风筝，也看看童话/给你乳罩，别忘了性感/年轻女人不要过早下坠，像半老徐娘/给你西装，乡村也有风度/男人出门的时候也挺直腰杆/带上名片。自家产的大米与水果/也贴上自己的标签，周游世界"（《好好爱你，故乡》）。对于故乡，谢小青有自己的理解和把握，她没有一味地煽情，也没有完全陷入对各种事物的一一列举当中，而是用一些现实的场景说话，通过一些熟悉而

221

具象的人和事物，向我们展示乡村"不平静的生活"。这里，一些生活场景，甚至个别叛逆的东西从诗歌中鲜活地走出。"棒棒糖，甜一点点"，会让"小孩子嘴边少沾点泥巴"，多一丝生活的改变；"不只是放放风筝，也看看童话"，希望乡村多一些文化的色彩；"给你乳罩"、"给你西装"，无疑在预示——走出故步自封的圈子。这样浅表的诗歌交代，似乎没有什么语句的推敲凝练，但丝毫不影响我们对这首诗歌内敛深沉意味的体验。接着，谢小青又沉静地说：

> 给你骨灰盒，节约土地
>
> 不要那些讲排场的新墓与乱坟岗
>
> 大白天也出来吓人
>
> 给你爱情，不是相亲，不是聘礼
>
> 给你鸟儿的路，不是祖训，不是上谕
>
> 故乡，我想把这两个字拆开
>
> 让封闭的故事与敞开的乡土分开
>
> 该毁掉的就毁掉，该搬迁的就搬迁
>
> 再重新建设我的小葱拌豆腐的审美
>
> 我的捕风捉影的思念

这一连串的"给"，很快就让谢小青眼里的故乡在日新月异的变化中找到了归宿，也让我们的视野豁然开朗。爱故乡，也如同爱一个人，要真实，要落在真情实感上，要有纯物质的事物分解。这样的故乡，不是靠华丽辞藻的堆砌描述的，也不是凭借高不可攀的乌托邦式吹嘘架构的，更不是一个个现实场景的反复空间转换。从中，我们可以看到，谢小青的乡情写作最初即是着眼于熟悉的事物，扎根于脚下的泥土，通过朴素的字句，打开了一道闪亮的诗歌出口，让故乡在诗意中沉思、穿行或提升。可以说，故乡正在成为或已经成为谢小青乡村诗歌最真实、最原始的选材基地和精神寄托。时下，拜金主义盛行，一些人的价值取向发生扭曲，他们更多的是"唯我至上"，甚至忘记了泥土，遗失了故乡，更不用说70后、80后了。由此，我在这里毫不夸张地说，在同龄人当中，通过诗歌来表现对故乡的爱，谢小青亦属佼佼者。

有时，诗歌可以拯救一个灵魂。因为，诗歌本身就是一种信仰。谢小青一直满怀对诗歌的崇敬，陷入更深层次的理性思考，呈现出超乎年龄的沉静写作。这种状态的诗歌写作，隐含着感性审美的特质，带有浓郁的"自我思考"特征和"心情律动"意味。读这样的诗歌，你很快就会看到作者内心深处的景观，也会"自然而然"、"顺理成章"地接受这样诗歌的感染，并且与其一道感受诗歌语言带来的通透美感。

二

或许，谢小青天生就善于捕捉一些细微事物。

一个初涉世故的女孩，难免对周遭一切充满了新奇、怀想。那么，这样一个写诗女孩会怎样在文字的背后深思独语？如此的境遇，考验着谢小青的诗歌写作。全面阅读谢小青的诗歌，我们不难发现她具有非凡的观察力和语言组织能力，她在不断审视自己诗歌存在的价值。那些饱含诗意的叙述，为我们展现了她率真顽皮的脾气秉性和丰裕的诗歌语言美学，继而以一个成熟女子的健康思维，向我们奉献了唯美的个人艺术经验。这过程中，谢小青抛开了世俗的浮躁与繁冗，不断追求完美与创新的品质，用热烈的母爱与诚挚（这里请允许我对一个未婚女子这样描述），用简洁明快的语言，用对社会、对生活的必要关心和深刻关注，书写了一片诗歌的纯净。从《百年木梳》《安静如母鸡在孵小鸡》《乱坟岗的女人》等有关女人的诗作的叙事内容和叙事方式来看，谢小青通过记忆的方式对祖奶奶、逃婚上吊的女人、邻居家谢奶奶的故事予以一一铺陈，并凭借其自身的女性生活感受和乡土认知程度，进行艺术化的升华。谢小青的语言是平和的，诗情的跳跃也很温馨，生活化的诗句信手拈来。我们说，谢小青的成功是幸运的，她的诗歌与村庄、城市，与生命、道德伦理达到了一次次完美的对接。谢小青反观着一位叫作谢春花的命运，这样乡土性诗歌的写就，认证着谢小青写诗经验的丰厚。我们把这首诗歌《谢春花跳到哪里去了》完整地贴在这里：

谢春花比我大一岁
是村里头号美人
小时候我们在一起玩跳房子的游戏
从前生跳到后世，从后世跳到前生
也跳不出苦菜花的命

谢春花还喜欢唱歌
我们扮作恩爱的夫妻唱刘海砍樵
把天真的想法寄托在长满青苔的传说里

初中毕业后，谢春花
就嫁给了村支书的儿子谢麻子
让村里的帅哥都傻了眼
两年后，听说
她跟一个外地来做生意的男人跑了
寂静的村庄就被大海淹没了三天
有人咒骂，有人幸灾乐祸

谢春花跳到哪里去了

只有翅膀知道

　　这样平铺直叙的诗歌语调，没有过多的形容和修饰。仅仅向读者交代"比我大一岁"的"村里头号美人"，"跳不出苦菜花的命"。小的时候，人们都很天真，为什么初中毕业后，喜欢唱歌的谢春花就嫁给了村支书的儿子谢麻子？很多事情是不说自明的，我认为，谢小青的这首诗歌在这里暗喻着青春的美好、生活的无奈和生命的抗争。两年后的谢春花的私奔，在村庄掀起波澜，人们表现出不同的态度，"有人咒骂，有人幸灾乐祸"。这样的故事情节，并不是谢小青所在村有之，但谢小青带着生活体验中的快乐、悲伤和反思，向我们传达出乡村"翅膀"的理想和追求。从谢小青的诗歌语境中，我们可以鲜明地感受到谢小青内心深处的那种不安，那就是对土地和生命的关切。读谢小青这样的诗句，仿佛让人经历了一次春天里的和风细雨，进而在困苦中看到了光明，在平和中领略出深度。

　　对于父亲，谢小青也以抒情的笔调做了细致的描述。在乡村的大背景下，血缘亲情显得更加举足轻重。《父亲去铎山镇》写父亲的"看"，对山村之外五彩世界的眼花缭乱，最后回归生活窘境、困惑。"他偶尔离开山村／到二十里外的铎山镇／看过往的城市班车／他也想中途上车／看那些打扮妖艳的女子／想把她

226

们种在地里／看打台球／看一个个老故事掉到陷阱里／悄悄倾斜的阳光打在他泥土色的脸上／他在两百米长的小镇上转来转去／从香香理发店到铎山加油站／五分钟路程，却用了他大半辈子／最后他买了一条低档的香烟回家／把阴影藏在肺里"。这里，我们再次看出谢小青诗歌的细腻。这是一种轻盈和缜密的诗歌风格，看似简约，实则诗意十足。还有她的《父亲的"情人"》《与父亲聊天》《傍晚，父亲赶着一头肥猪回家》都从不同角度刻画了朴实亲切的父亲。这使我想起，著名画家罗中立的油画《父亲》，这个曾获"中国青年美展"一等奖的油画，一度震撼了我。那是一幅具有一种悲剧性震撼力的画面，表现了生活在贫困中的老农形象。鲜活的人物形象，开裂的嘴唇、满脸的皱纹以及手中粗劣的碗等等写实的描绘，消除了画与观赏者之间的距离，不能不让观赏者和画家一同走进长久的沉思！那么，谢小青的诗歌从另一个角度来说，对生活、生命的体验表现得更直接更明了。她以一种写实的方式，白描一样的诗句，构筑乡村诗歌框架文本，表达了相同、相似命运"父亲"的人生境遇，从而达到"入木三分"的审美效果，借此来对贫困及贫困的命运进行反思。

三

爱诗的人总是把诗歌作为心灵最好的安慰。

谢小青极致地发挥年龄写作的优势，积蓄着一种潜在的诗歌理论功底和知识能量。这样的写作状态，成为她迅速深入诗歌领域、被诗歌刊物和媒体认可的重要支撑。我们还注意到，谢小青的诗歌并没有停滞在故乡生活的记忆书写（当然，我更偏爱她乡村方面的诗歌）。现在的谢小青，站在城市和乡村的二维空间思考、写作。在大学读书（在博客上得知，她读研了）的同时，谢小青快乐地写作，不断地敲击电脑键盘，把自己熟悉的城市乡村一再地重现在一首首诗歌当中。毫无疑问，这种精神力量来源于对诗歌的热爱，源自平凡而广阔的生活背景。诗人杨克这样评价谢小青："她的语言充满灵性，直接生动，很少用比喻与形容词来修辞，也不造作空泛意象，而是用鲜活的人物、事物和场景来呈现真实得惊心的现实。她的表述看似温和平静，然而冷静理性的笔触内在里蕴藏着巨大冲突，她以血性的写作揭示了现实苦难中人心的温暖，发现真实的诗意，从而形成一种难得的强大生命气场，给人以震撼。"

我们不难看出谢小青格外留恋难忘的乡村生活，童年时代，她的亲人、邻居，甚至光屁股的小孩、孵小鸡的母鸡、鹭鸶鸟……谢小青一如既往地关注和诠释着自己熟悉的那片土地的命运，并通过哲学的思考、美学原理和诗歌的语言，阐释生命的价值及世界观取向。这种细微的观察之后，既鞭挞了丑恶，又注入了生活的美好。我以为，在我读到的谢小青的诗歌中，最让我欣赏的部分还在于她的乡村诗歌。多年来，我一直敬畏着这种钟爱泥土的诗歌写作。尽管这样的观点有些偏执，但我还是固执己见。是呀，谢小青正在努力，继续把自己的笔触伸向她熟悉的小镇、河流和乡亲们。她在诗歌最基本和朴素的表达方式基础上，一直在试图不断地超越自己。在我们司空见惯的场景中，她不断地转换视角，凝视人生，洞察社会，有时甚至远离自己的直接生活经验，直抵生命。其中，还不乏一些对性爱的描写，都足以显示了谢小青诗歌写作功夫的到位，相当部分的诗歌整体把握和细节处理皆有异曲同工之妙。谢小青自己博客表明的"先锋诗歌"写得也很朴实、耐人寻味："装模作样，我也抡起了大锤／我对这个世界没轻没重／即使敲打不到位／我的声音也很铁／铁花是怎么开的／我不空想，也不跑题／好好地打一会儿铁／像锻工师傅那样／对一件事或对一个人铁心／／一个女诗人说／'老公，让我们整整一天打铁／……使劲，使劲'／我的脸就红了／难道，这就是贪婪／在灼热的氛围里／女人的骨头就容易变形／／我出汗了／把敲打过的记忆扔到角落／就迅速冷却"（《让我也打一次铁》）。想必打铁这一行，作为乡村里的孩子不能不熟悉，一个女孩子"装模作样"抡起了大锤，是一个地道的实景描述，而"我对这个世界没轻没重"则表现了作者的触景生情状态，转而"对一件事或对一个人铁心"引申到情感方面，这样安排合情合理又顺理成章。那么，其中女诗人的介入，让"我"生出一些联想（并非卑鄙下流），固然画龙点睛。如此诗歌命题，起初看起来不是谢小青这个年纪女大学生所能着墨和驾驭得了的。然而，谢小青由打铁——生活——记忆冷却的过程，把实物与思想、劳动与生活、生命与爱情有机地结合，给我们又一次铺展质感强烈的画面。这样平静、真切、沉思和淡淡的忧伤喜悦，能够在挖掘被时光遮掩的事物中——重现，让我们看到了传统回归的价值。无疑，这也构建着谢小青美学意义上的艺术风格，如此诗歌探索的路径堪称独到。还有《梦到棺材》，也身临其境地回忆：

我还在歌唱，模仿RAP

我还戴着桂冠

你们就将这舞台抬进棺材

我与小姐在夜宵摊子上相遇

小姐递给我一张餐巾纸

我回敬她一句洛阳纸贵

你们就将这夜色抬进棺材

我还没有老掉牙

我还吃着白米饭

你们就盖棺论定

我惊得一翻身爬起来

是凌晨四点

　　一个时代有一个时代的诗歌。谢小青诗歌的率真不是一时的卖弄，而是向往一种自由的生活考量。对于生命，谢小青没有具体阐述如何的珍惜和怎样消费，而是由我和一位小姐在夜宵摊子上相遇透露一种世界观、价值观和生活方式的不同。我和小姐两种人物的出场，代表或揭示两种人生经历，一方面有着时尚、动感的画面，另一方面又接续明快的韵味。在细节的审视中扩展诗歌艺术的审美性，这些场景放在这里，其余的就是读者的分析理解和想象了。也许，这就是诗歌简短的理由和魅力所在。

　　在诗坛，谢小青已崭露头角，她的个人诗歌写作经验与现有诗歌审美要求、人们阅读的诗歌口味达成了有效的艺术融合。读谢小青的诗歌，感觉诗歌中的一粒泥土都带着虔诚，都在引领我们寻找故乡。谢小青这些传神的诗歌写作，让我们再次感到，她在以此来缅怀那些走失的岁月，攫取心灵上的安慰和愉悦。我们还看到，谢小青正在努力这种专注故乡写作意趣，值得我们反思。诚然，我不以为谢小青所有诗歌全部都是优秀的。而且，在众多诗歌大家面前，谢小青在诗歌写作道路上也许"刚刚学会走路"。她的个别诗歌结构不够紧凑、感染力不强等，这些都瑕不掩瑜。面对这个不断加速的时代，当下中国的诗歌多么需要有人坚守。当青春与诗歌发生碰撞，我们固然期待炽烈的火花。那么，让青春在诗意中快乐地成长吧！

我们在谢小青的诗歌中看到了希望！我们期待着。

评《人民文学》2015年1期
谢小青组诗《不动声色》

阿苏越尔[①]（彝族）

我始终觉得，一个诗人对身边事物保持足够的热情，是写作的基本策略，也是神圣职责。谢小青发表在《人民文学》2015年1期的这组诗歌，在这一方面，做出了成功的探索。这不禁使我对中国年轻一代诗人的诗歌充满了期待。现实生活始终是诗歌最肥沃的土壤，植根当前永远是诗人值得遵守的写作准则。仅在一组诗歌中保持对身边生活的热情抒写并不难，难的是诗歌对人生冷暖无常进行的持续的诗意捕捉。这需要哲学观念的自觉清醒，也需要生活经历的长期沉淀。所以我说，作为80后的诗人，面对生活及命运中的无常，谢小青在驾驭自己诗歌的骏马时能够做到从心所欲、不动声色，这一点实属不易。

《镜子》象征两个世界的分界，镜子外是母亲和自己，镜子里游荡的男人也好，消失的亲人也罢，甚至恍然大悟后看见的"批评家、敌人、魔鬼"，在我看来，都是一种异己力量存在的证明。《飘过》里出现的诡异之事我小时候也听说过，不施粉黛的白描手法的应用，呈现了对死亡本身的深刻疑虑。《油菜花的秘

---

① 阿苏越尔，诗人，著有诗集《梦幻星辰》《留在雪地上的歌谣》《阿苏越尔诗选》。

密》一首中，青梅竹马的故事被置放在春天的背景下，盛放的油菜花和青涩的少年之间相映成趣，"我与一个男孩藏在一人高的油菜花里／他吻了我，那年我十一岁／还没有开花"，这样的句式有反差中的"奇崛"，意象间有浑然的嫁接。读了《离婚》，唯一的感受是：生活好像已经结束，又仿佛刚刚开始。善终若始时，无常即有常。《老式抽屉》里，奶奶的信仰被赋予寓言的劝诫作用。《初中同学聚会》，在平常中撷取诗意，在开头一段的"漂"，中间一段念到的"谢小青"，结尾时白云的"痒"，一再强调的"在场感"……透出生命存在的亦庄亦谐，王国维说的"有我之境，以我观物，故物皆著我色彩"是最好的注释。到了《下半夜》，"点了根烟，让黑暗露出破绽"，一个"露"字，自成高格。即使露出破绽，依然有看不见的消逝像黑暗吞噬着一切。《张铁匠》梦中的野花和飞溅的火星，连同铁匠铺和张铁匠本人，都经不住时间神秘力量的侵蚀，已变成亲切但多少有些无奈的回忆。面对这一切无常的命运，诗人的记录和抒写却拥有一份豁达的窃喜、实在的安全感。"亲爱的，我想要的东西藏在被窝里／你想要的东西云一样总是抓不住"，在《不动声色》一诗里，诗人想要的实在的温暖（被窝），和异己所滋生的虚幻（白云），已经能够和平共处、相安无事。于是，在多少生活的变化和命运的无常之中，诗人不仅有效择取到了日常的诗意，同时也获得了对事物的真义和一股安之若素的习惯力量，这种力量支撑了诗人年轻而成熟的生活，也化成了创作世界回归原初的冲动。所以，诗人的胸臆在《白雪》中，凝结成了一句意味深长的感叹："我日渐冷清的家乡，荒弃的田园／在白雪的覆盖下看起来是那么安详"。

谢小青将《不动声色》作为组诗的题目处理，自有其贯穿始终的主题表达的考虑，也有着力渲染的成分——对外界存在进入内心体验时的强烈反响。没有长吁短叹，也不见玄言哲理，然而场景铺排却富含生命浓郁而芳香的气息。如果能在语言的概括性、精炼性上再下一些功夫，克服细节描写当中出现的散漫，使音节更加匀整与流动，那么，未来的谢小青将成熟辉煌。

图书在版编目（CIP）数据

无心地看着这一切 / 谢小青著. — 2版. — 成都：
四川文艺出版社，2019.4
ISBN 978-7-5411-5304-4

Ⅰ.①无… Ⅱ.①谢… Ⅲ.①诗集－中国－当代
Ⅳ.①I227

中国版本图书馆CIP数据核字（2019）第041980号

WUXIN DE KANZHE ZHEYIQIE

无心地看着这一切

谢小青 著

责任编辑　刘思文　奉学勤
封面设计　鸿儒文轩·书心瞬意
内文设计　史小燕
责任校对　汪　平

出版发行　四川文艺出版社（成都市槐树街2号）
网　　址　www.scwys.com
电　　话　028-86259285（发行部）　028-86259303（编辑部）
传　　真　028-86259306

邮购地址　成都市槐树街2号四川文艺出版社邮购部　610031
印　　刷　三河市华东印刷有限公司
成品尺寸　142mm×210mm　　　开　本　32开
印　　张　8　　　　　　　　字　数　160千
版　　次　2019年4月第二版　　印　次　2021年4月第三次印刷
书　　号　ISBN 978-7-5411-5304-4
定　　价　48.00元